Mission gegen eine Magierin

Rettung des Königreichs von Dornröschen

AF159020

eine phantasievolle Geschichte

Über den Autor:
Geboren 1948, in Sachsen-Anhalt, aufgewachsen in Baden-Württemberg. Nach einer Mechanikerlehre und einigen Praxisjahren, in Berlin Maschinenbau studiert. Seit Rentenbeginn diverse Geschichten und SF Romane geschrieben.

Wir glauben,
dass wir Herren unserer Selbst seien,
doch unerkannte schicksalhafte Mächte
führen uns an der Nase herum.

Bibliographische Information der Deutschen Nationalbibliothek:
Die Deutsche Nationalbibliothek verzeichnet diese Publikation in der Deutschen Nationalbibliografie, detaillierte bibliografische Daten sind im Internet über dnb.dnb.de abrufbar.

TWENTISIX - Der Self-Publishing-Verlag
Eine Kooperation zwischen der Verlagsgruppe Random House und BoD - Books on Demand

© Sept 2018 by Harry Schulze
alle Rechte vorbehalten

Herstellung und Verlag:
BoD - Books on Demand, Norderstedt

ISBN:9 783740 764333

Inhalt

Prolog
Ein Bauernsohn auf Wanderschaft
Das kleine Königreich
Das Geheimnis
Geburt der Königstochter
Die Geburtstagsfeier
Ankunft der Gäste
Der verhängnisvolle Fluch einer Magierin
Ein Gegenzauber
Einsammeln aller Spinnräder
Die Kinder- und Jugendzeit der Prinzessin
Die Garde
Neugier
Die Umgebung des Schlosses
Die mürrische alte Frau
Der Stich an einer Spinnradspindel
Die schützende Dornenhecke
Die Jahre des Schlafens
Machtkampf der Magierinnen
Raubritter
Ein neues Lied ging durch die Lande
Harte Herausforderung
Prinz Heinrich der Starke
Ein Räuber und seine Bande
Der siegessichere junge König
Die wirklichen Schlossherren
Die Minesänger
Eine neue beunruhigende Liedstrophe
Nordwärts
Auf dem Nordmeer

Die drei Nornen
Schicksalsfäden
Rückreise
Zu den Rittertournieren
Die Entscheidung
Das verwunschene Schloss
Der entscheidende Kuss
Neubeginn
Letzte Attacke der dreizehnten Magierin
Die große Hochzeitsfeier
Ende und Neuanfang

Prolog
Menschen haben sich diese Welt schon immer mit höheren und langlebigeren Mächten geteilt. Allein die Ignoranz der Menschen gaukelte ihnen vor, sie seien die eigentlichen Herren dieser Welt. In Wirklichkeit aber, sind sie nur Spielfiguren in einem Spiel, welches von mächtigeren Wesen gespielt wird.

Ein Rivalitätskampf, der schon Jahrhunderte andauerte, fand einen Höhepunkt in der Geringschätzung einer Magierin. Dadurch wurde ein kleines Königreich, vor allem aber eine junge Prinzessin in das Räderwerk, jener streitenden Mächte, hineingezogen. Als Folge wurde dieses kleine Königreich, über hundert Jahre aus dem Zeitfluss herausgenommen und in einen schlafähnlichen Zustand versetzt.

Magierinnen, auch weise Frauen genannt, hatten schon lange außerhalb unserer menschlichen Zeitspanne ihre Machtbereiche aufgeteilt. Trotzdem kam es immer wieder zu Konfrontationen zwischen ihnen, unter denen letztlich Menschen zu leiden hatten.

Die ursächlichen Verstrickungen wieder zu ordnen, war mir, ohne dass ich es wusste, zugeteilt worden. Darüber will ich in der folgenden Geschichte, aus der letztendlich dieses Märchen entstand, berichten.

Ein Bauernsohn auf Wanderschaft
Eigentlich gehöre ich nicht zu dieser Geschichte, die ich euch hier erzählen möchte, aber sie zog mich mit solch mächtiger Kraft in ihren Bann, dass ich ihr nicht widerstreben konnte.

Ich war damals, als ich auf die Sache stieß, gerade auf Wanderschaft, in einem mir noch unbekanntem Land. Fremde Lande und ihre Menschen näher kennenzulernen, machte mir in gewisser Hinsicht Spaß. Mein Vater riet mir einst, dass ich, solange ich noch jung sei, mir den Wind um die Nase wehen lassen solle, damit ich etwas von der Welt sehe und Lebenserfahrung bekäme. Es sei gut, meinte er, wenn man wisse, dass die anderen auch nur mit Wasser kochen. Und so kam es, dass ich eines Tages meine Sachen packte und in die Welt hinauszog.

Arbeit gab es überall und auf dem Lande immer reichlich. Damit hatte ich dann auch Unterkunft und Essen. Ist man freundlich zu den Leuten, so sind auch sie freundlich zu einem. Gut gelaunt zog ich also los. Mein Vater gab mir noch ein paar förderliche Ratschläge und eine Hand voll Silberlinge. Meine Mutter ermahnte mich, immer anständig zu bleiben und unser großer brauner Hund rannte noch etliche Meter neben mir her, bis er merkte, dass der Abstand zu seinem Fressnapf immer größer wurde. Dann setzte er sich hin und sah mir traurig nach, bis ich hinter einer Wegbiegung verschwand.

Ich hatte vor, mir einen Hof zu suchen, der einen Knecht brauchte. Egal welche Arbeit es gab, ich war bereit alles zu machen, solange es nur anständig war. Doch ich wollte nicht gleich im nächsten Ort Halt machen. Ich lief tagelang, schlief in Heuschobern, aß, was die Natur mir gab und trank frisches Quellwasser. Wer sich ein wenig in der Natur auskennt, braucht beileibe nicht hungern. Um mich herum existierte ein Füllhorn voller Köstlichkeiten, Obst, Nüsse, Wurzeln, süße Beeren, grüne Blattpflanzen und Kräuter, alles gab es zur Genüge. Ich vertrug zudem ziemlich alles, denn ich hatte eine gute Verdauung. Sogar die bunten Blüten, verschiedener Blumen schmeckten hervorragend. Man sollte nur wissen, welche man essen kann und welche besser nicht.

Tiere dagegen, um sie zu essen, fing ich nicht. Keinem anderen Wesen wollte ich etwas zuleide tun. Sicher gab es auch bei uns zu Hause Fleisch und Wurst, aber irgendwann hatte ich aufgehört dies zu essen. Ich wollte nicht länger schuld daran sein, dass Tiere für mein Essen sterben müssen. Schaust du einem Tier in die Augen, dann siehst du ihre Seele und du bekommst eine Ahnung von dem großen Geist, der uns alle belebt, und den wollte ich nicht länger betrüben. So hatte ich mich schon vor einiger Zeit entschieden und so wollte ich es auch weiterhalten.

Sicher fressen viele Tiere andere Tiere, aber dies ist nicht meine Sache, ich bin kein Tier. Ich brauche nicht zu tun, was Tiere tun.

Meine Mutter sagte oft zu mir, ich solle kräftig essen. Sie hatte wohl Angst, dass ich vom Fleisch falle. Mein Vater dagegen, meinte zu ihr nur, lass ihn, der ist doch ständig am Essen, der frisst unseren Tieren noch das ganze Futter weg. Dann lachte er fröhlich.

Ich lief am Ufer kühler Bäche entlang, kletterte auf Hügel hinauf, um mir die Gegend anzuschauen, durchwanderte weite Ebenen und suchte meinen Weg auch durch manch dichten Wald. Oft brannte die Sonne gnadenlos herunter, dann saß ich lieber eine Weile im kühlen Schatten eines Baumes, aß und trank, was ich mir nebenbei aufgesammelt hatte.

Einige Male blies mir starker Wind entgegen. Aber weder er noch Regen, konnte mich aufhalten. Es trocknete ja alles wieder.

Meine Schuhe hatte ich meist zusammengebunden und über die Schultern gehängt. Ich wollte sie schonen, denn Schuhe sind teuer. Außerdem liebte ich es, barfuss zu laufen. Ich wollte den Boden spüren, die Wärme oder Kühle des Erdbodens, dann fühlte ich mich so richtig geborgen in der Natur, dann war ich ein Teil von ihr. Ich liebte dieses Gefühl.

Wenn ich irgendwo ankam, mit den Leuten redete und dabei erzählte, wo überall ich langgelaufen war, erschraken sie manchmal. Sie fragten mich dann, ob ich denn gar keine Angst hätte, so allein zu wandern.

Auf meine Gegenfrage, wovor ich denn Angst haben sollte, sprachen sie von Räubern, die an manchen Orten in den Wäldern hausen. Und was einem da doch so alles passieren könne. Und vor allem warnten sie mich vor den gefährlichen wilden Tieren. Man wollte erst neulich wieder einen der Wölfe gesehen haben, die ganz in der Nähe ihr Unwesen treiben.

Ja das Wandern, es scheint wohl nicht ganz ungefährlich zu sein. Aber ich stellte fest, dass gerade jene Leute, die meiste Angst hatten, die ihr Leben lang nicht, aus ihrem Dorf hinausgekommen waren.

Ich jedenfalls ließ mich nicht entmutigen und zog weiter meiner Wege. Den großen Geist, der alles leitet, bat ich um Schutz und gute Führung und so kam ich eines Tages in dieses Land hier.

Das kleine Königreich

Die Sprache der Leute konnte ich gerade noch so einigermaßen verstehen - das wichtigste eben. Wenn die aber so richtig loslegten, in ihrem eigentümlichen Dialekt, dann allerdings hatte ich so gut wie keine Chance.

Doch ich gab nicht auf. Nach und nach verstand ich immer mehr und es machte mir durchaus Spaß diesen seltsamen Dialekt zu erlernen. Da gab es nicht nur fremde Worte, die ich nicht kannte, da waren auch in Worten, die ich durchaus kannte, Silben und Betonungen hineingeflochten, die dem Wort einen fremdartigen Klang gaben.

Die Leute dagegen, machten sich lustig über meine, für sie wunderliche, Aussprache. Einer von ihnen schlug mir auf die Schulter und sagte zu mir, ich solle mal schön üben, dann würde ich auch bald alles gut verstehen. Er bot mir sogar an, bei ihm auf dem Hof zu arbeiten, zumindest über den Sommer und Herbst. So fand ich Arbeit auf einem Hof und hatte, zumindest für eine gewisse Zeit, Unterkunft und Versorgung. Ich konnte mich nicht beklagen, die Leute waren nett und zu Essen gab es reichlich, zumindest für meine Bedürfnisse und die waren nicht sehr groß.

Doch man sagte mir, dass es früher einmal besser war, in alten, längst vergangenen Zeiten. Da herrschte noch der alte König und die Menschen waren glücklicher, bis dann, eines Tages ein Unglück geschah. Seit dem sei alles anders und das Leben viel schwieriger geworden.

Das machte mich sehr neugierig und ich begann danach zu fragen, was denn geschehen sei. Schnell merkte ich aber, dass es den Leuten sehr schwer fiel über jenes, vor langer Zeit, geschehenes Unglück, zu reden. Sie blockten schnell ab und wendeten sich anderen Aufgaben zu. Es kam mir vor, als ob Angst und Furcht sie in einem unsichtbaren Netz gefangen hielt, aus welchem sie scheinbar nicht einmal herauswollten.

Ich unterließ es also, zumindest vorerst, nach den alten Begebenheiten zu fragen. Irgendwann würde sich schon eine Gelegenheit dazu ergeben.

Da ich die Zeit vor meiner Ankunft hier nicht erlebt hatte, konnte ich mir auch kein Bild davon machen. Es wird ja überall gesagt, dass früher die Dinge einmal besser waren. Ich jedenfalls empfand es hier sehr schön. Die ländliche Gegend war fast wie bei mir zu Hause. Auch hier gab es alles, was eine Gegend großartig macht. Da waren weite Täler, Hügel, ein großer See, tiefe Wälder mit viel Wild und natürlich auch die freundlichen Leute.

Einzeln über das Land verstreut, lagen kleine Bauernhöfe. Zwei Städte waren auch in der Nähe und von überall sichtbar, hoch auf einem verwachsenem Berg lag das Schloss des Königs, der einst über dieses Land herrschte. Aber, wenn ich genau hinschaute, konnte ich erkennen, dass irgendetwas damit nicht stimmte. Es war ja nicht das erste Schloss welches ich zu sehen bekam. Die Schlösser die ich bisher sah, waren alle prachtvoll. Ihre Türmchen und Erker glänzten im Sonnenlicht. Umgebende Bäume und Sträucher waren immer ordentlich gehalten und versperrten nie die Sicht. Doch hier war alles anders, ein grünlicher Flaum überdeckte alles. Das ganze Schloss war davon überwuchert.

Die Bäume rundherum waren zu einem Urwald zusammengewachsen und verdeckten größtenteils die Sicht. Ein schlafendes Land war dieses kleine Königreich scheinbar, so kam es mir jedenfalls vor.

Eine starke Faszination hatte mich erfasst. So sachlich, wie ich dies hier schreibe, sah es in meinen Gefühlen absolut nicht aus. Ich wollte unbedingt wissen was vorgefallen war, als ob mein eigenes Leben damit verknüpft zu sein schien. Warum aber in aller Welt sollte ich denn meine Nase in fremde Angelegenheiten stecken. Ich fragte mich, ob ich ein Narr sei, ich will doch nur hier arbeiten, bis es mich wieder weiterzieht. Aber wer kennt schon all die schicksalhaften Kräfte und Mächte in uns und um uns herum. Sie packen uns, zerren an uns, und lassen uns dann auf irgendeinen einsamen Weg alleine zurück.

Das Geheimnis

Der Tag und die Stunde kamen, in der sich Gelegenheit fand, etwas über die seltsamen Ereignisse zu erfahren. Es war spät abends, am letzten Tag der Woche, als mein Dienstherr, für den ich arbeitete, Wein haben wollte. Ich solle runtergehen in den Keller und ihm einen Krug Wein holen. Aber nicht von dem vorn gelagerten, sondern von dem Wein ganz hinten, dem alten und ausgelagerten, der sei besonders gut.

Ich tat, wie mir befohlen und holte ihm einen Krug Wein. Nachdem er ihn probiert hatte sagte er zu mir, ich solle mir auch einen Becher nehmen und mich zu ihm setzen.

Wein macht redselig, dachte ich. Das ist gut, vielleicht erfahre ich jetzt, was damals vor vielen Jahren hier vorgefallen war.

Und in der Tat, es dauerte nicht lange, dann begann er zu erzählen. Schnell merkte ich, welch gewaltige Last auf den Schultern der Leute hier lag. Sie litten alle an dem Zustand des Fehlens ihres Oberhauptes, ähnlich wie Kinder, die ihre Eltern verloren hatten. Die Worte fielen ihm schwer. Es war in der Tat so, dass die meisten der Leute hier, Angst hatten über diese Angelegenheit zu sprechen. Der Grund lag darin, dass es sich damals begab, dass mysteriöse Kräfte, ein böses Spiel ausgefochten hatten und niemand sie wieder wachrufen wollte. Zurück blieben die armen Leute, die nun sehen mussten, wie sie ohne ihren geliebten König zurecht kamen.

Sie waren der Willkür umliegender Reiche ausgesetzt, deren Soldaten hin und wieder zum Plündern durch die Lande zogen. Sie stahlen von den Bauern die Ernte und so manches Vieh. Ja, Herrenlosigkeit hätte einen teuren Preis, musste ich mir einige Male sagen lassen. Die Leute taten mir leid. Ich dagegen war mein eigener Herr und bestimmte selbst, was ich tun wollte und wohin ich möchte. Sicher lässt sich solches leicht sagen, wenn man noch jung ist und keinerlei Verpflichtungen hat. Ich nahm mir damals vor, dass sich dies nie ändern solle. Ich wollte immer frei bleiben und niemanden irgendeine Rechenschaft schuldig sein.

Die Sache fing damals so an, wie ich hörte, dass des Königs Frau sich sehnlichst eine Tochter wünschte. Lange, viele Jahre, hatte das Königspaar sich ein Kind gewünscht und geduldig darauf warten müssen. Sie hatten dafür gebetet, waren an heilige Orte gepilgert, ermittelten bei so manchen Medikus, was er ihnen empfahl, hatten die Sterne befragt und hofften mit all ihrer Kraft, dass sich ihr Kinderwunsch bald erfüllen möge.

Eines Tages wanderte die Königin auf einem nahen Berg. In einer Höhle, dort hoch oben, wohnte ein alter Eremit. Er lebte schon sehr lange dort und niemand wusste, von wo er einst kam. Er war freundlich und hatte für jeden eine Antwort auf Fragen, die außer ihm kein anderer beantworten konnte. Daher besuchten ihn ab und zu Leute, um Antworten auf ihre Probleme zu finden, für die sie selber keine Lösung hatten. So kam auch die Frau des Königs eines Tages zu ihm. Ihn wollte sie fragen, was sie tun könne, damit sich ihr Wunsch nach einem Kinde erfüllen würde.

Er empfahl ihr einen ganz speziellen, stillen Ort aufzusuchen, tief im Wald, mitten in der Natur und dort laut ihren Wunsch auszusprechen, damit die Natur selbst darüber befinde. Sie solle still sitzen und warten.

Sie ging zu diesem Ort. Es war eine wunderschöne Oase, mitten im Wald. Vor einem großen See setzte sie sich nieder und sprach laut ihren Wunsch aus. Sie wartete ganz still, wie der Eremit es verlangt hatte.

Lange wartete die Königin, in aller Stille, dann plötzlich, schwebte eine Fee daher, hielt inne und schaute die Königin nachdenklich an.

„Ein Kind wünscht du dir?", fragte die Fee.

„Ja", antwortete die Königin.

„Dann sollst du, wenn ein Jahr vergangen ist, eine Tochter bekommen", prophezeite sie ihr. Danach verschwand sie wieder.

Die Königin freute sich sehr, doch was sollte sie nur zu Hause sagen, eine Fee hätte ihr die Prophezeiung gemacht. Das glaubt ihr doch keiner. Natürlich würden jetzt viele gleich bestätigen, dass dies keiner glaubt und es großer Unsinn sei. Aber man darf nicht vergessen, es war noch eine Zeit, in der Wunder möglich waren.

Manch einer vermutete, dass es der Eremit selbst gewesen sei, der ihr als Fee erschien. Er sei ja auch ein Magier und die können so etwas, und wenn sie ehrlich war, so musste sie zugeben, dass die Stimme der Fee doch etwas ähnlich klang, wie die des Eremitten. Aber wichtig war ja nur, dass sie endlich ein Kind bekam.

Und tatsächlich, das Wunder geschah und ihr Wunsch wurde erfüllt. Die Königin erwartete endlich ein Kind. Jetzt hieß es, in aller Freude, noch ein paar wenige Monate bis zur Geburt abzuwarten.

Geburt der Königstochter

Nach ein paar Monaten kam ein süßes, kleines Mädchen zur Welt und alle liebten die kleine Prinzessin. Wie sie so da lag in ihrem Körbchen, schön wie eine kleine Rose. So bekam sie auch den Namen Rose, oder Rosa, oder mein kleines Röschen, wie sie der König nannte.

Sie war anfangs nicht anders, als jedes andere Baby, ein kleiner Schreihals eben. Ja, ihre Stimmbänder mussten frühzeitig trainiert werden, damit sie sich später auch durchsetzen konnte.

Tag und Nacht konnte sie lange Zeit nicht auseinanderhalten, sie brüllte wann immer sie Lust dazu hatte. Wie kamen die Leute auch dazu des Nachts schlafen zu wollen. Sie brauchte jemanden, der auf sie acht gab und nachts nach ihr schaute, wenn sie schrie und der auch darauf achtete, was los war, wenn sie nicht schrie. Stille war ja genauso verdächtig, weil man nie wusste, ob vielleicht etwas schlimmes passiert war.

Das ganze Schloss war seit der Geburt in Bewegung, dem König interessierte nur noch sein Kind. Eigentlich wäre ja ein Stammhalter notwendig gewesen, aber was nicht ist kann ja noch werden, meinte der König. Und wenn nicht, dann gäbe es ganz sicher ein paar ausgezeichnete Prinzen, wenn die Zeit dafür reif sei. Alle schwebten, trotz der Betriebsamkeit, in einer rosaroten Glückswolke.

Der König beschloss, zu Ehren seines Nachwuchses ein großes Fest zu geben. Alle seine Nachbarn sollten eingeladen werden.

Es lebten verstreut in den umliegenden Landen auch weise Frauen, die sich mit allerlei Heilkräutern und Heilkräften befassten. Nicht nur kannten sie die Pflanzen der Gegend, und für was man sie gebrauchen konnte, auch waren sie geschickt im Umgang mit den Kräften der Natur und deren Wirkungen. Für manch Zeitgenossen waren sie geachtete Magierinnen oder Zauberinnen.

Wo immer man sie traf, begegnete man ihnen mit Ehrfurcht. Auch vermied man es, sie zu erzürnen, denn ihr Fluch konnte wahrlich böse Folgen haben.

Auch sie sollten eingeladen werden. Doch es gab dreizehn von ihnen. Die armen, abergläubischen Leute rätselten herum, was in solchem Fall zu tun sei, denn die Zahl dreizehn, und das weiß doch schließlich jeder, bringt Unglück. Darum gab es ja auch keine dreizehn Tischgedecke. Es gab nur zwölf, gemacht aus edlem Porzellan, mit reichhaltiger Goldverzierung. Diese waren ausschließlich für wichtige Ehrengäste vorgesehen und für die Festtafel, an der die heiligen Damen sitzen sollten.

Einfaches Tafelgeschirr, von dem es wirklich genug gab, wollte man ihnen nicht vorsetzen. Dieses käme wohl einer Erniedrigung gleich.

Guter Rat war jetzt teuer, daher wurde der Zeremonienmeister befragt. Er war der einzige der wusste, was in einem solchen Fall zu tun war. Aber er war auch einer jener Beamten, die nicht fähig waren, über den Rand eines Fragebogens hinaus zu schauen. Und die noch viel weniger dazu fähig waren, zu verstehen, dass die Welt nicht am Rand eines Fragebogens endet. Aber er wusste immer genau, wie etwas zu sein hat. So und nur so, sagte er, geht es und anders geht es nicht. Darin kannte er sich bestens aus.

Er entschied, dass man nur so viele Leute einladen könne, wie man auch das dazu nötige Tafelgeschirr habe. Und so nahm das Unheil, weil man es gewohnt war auf seine Beamten zu hören, seinen Lauf.

Diese Entscheidung wirkte wie ein kleiner Schneeball, der achtlos einen Berghang hinab geworfen wurde und unten als eine zerstörerische große Lawine ankommt. Eine kleine Unachtsamkeit nur und schon hat man den größten Ärger am Hals.

Die Geburtstagsfeier

Drei Tage waren für das Fest vorgesehen. In diesen Zeiten waren die Wege noch sehr weit und Reisen sehr beschwerlich. Man sah sich daher nicht allzu oft. Aus diesem Grunde wollte man das Fest auch als eine Zeit der Begegnung verstehen, aber vor allem wollte man ausgiebig feiern.

Dieses bedingte natürlich eine gute Vorarbeit. Beste Lebensmittel wurden herangeschafft, guter Weizen, reife und wohlschmeckende Früchte und vor allem bester Wein. In den Stallungen hatte man gemästete Gänse und Hühner, zwei Schweine und einen Ochsen. Diese Tiere durften auch am Fest teilnehmen, in etwas anderer Weise natürlich.

Ich glaube nicht, dass diese Tiere große Freude daran hatten. Aber zu diesen Zeiten damals, fragte keiner danach.

Die große Küche des Schlosses wurde sauber geputzt und hergerichtet. Alle Töpfe mussten blitzblank gereinigt und die Messer geschärft werden.

Im Festsaal brachte man Geschirr und Gläser auf Hochglanz. Kein einziger Fleck durfte sichtbar sein. Hin und wieder ging auch mal etwas zu Bruch. Aus diesem Grunde ließ man nur Leute an die wertvollen Porzellanstücke, die eine sorgsame Hand aufwiesen. Nicht auszudenken, wenn von den begrenzten Stückzahlen plötzlich Teile zerbrechen würden.

Man sollte nicht vergessen, dass diese kostbaren Geschirrteile einst in den edelsten, orientalischen Manufakturen, aus seltenen und teueren Materialien gefertigt wurden.

Nur herrschender Adel wie Könige, Sultane, Großwesirs und Scheichs, konnten sich solch wertvolles und teures Geschirr leisten und liefern lassen.

Aufmerksam hörte ich der Erzählung zu und wartete auf das eigentliche Ereignis, welches letztlich zu der Katastrophe führte, von der die Leute nicht recht reden wollten.

Verschiedene Kuriere mit Einladungen wurden zu den königlichen Nachbarn gesandt. Auch einige Würdenträger lud man ein. Natürlich bekamen auch zwölf der sogenannten heiligen Frauen, eine Einladung.

Eine von ihnen wurde allerdings ausversehens und doch absichtlich vergessen. Da sie recht einsam lebte, hoffte man, dass sie vielleicht gar nicht erfuhr, dass hier ein Fest gefeiert wurde.

Der König selber, hatte soviel zu tun, dass er dies nicht bemerkte, und zudem sagte ihm auch keiner etwas. Und selbst wenn, was hätte er tun sollen. Nur hatte keiner daran gedacht, dass Magierinnen durchaus mitbekommen, was um sie herum geschieht. Sie sind gewöhnlich des Hellsehens mächtig und zudem als Frauen sowieso unheimlich neugierig. Wie wollte man also vor ihr so etwas, wie dieses Fest verheimlichen können?

Die Magierinnen allesamt, konnten sich nicht wirklich leiden, und daher wurde die eine auch nicht wirklich von den anderen vermisst. Und selbst wenn, so war es den anderen gerade recht.

Ankunft der Gäste
Wie schon erwähnt waren die Wege zu der damaligen Zeit sehr weit, daher war es eine gute Sitte einen Tag

vorher zu kommen, um sich einzugewöhnen und die anderen Gäste schon mal vorab kennen zu lernen.

Das Wetter war schön und die Leute vergnügten sich im Garten, welcher groß wie ein Park war. Der Rasen zwischen den alten Bäumen war gepflegt. Blumenarrangements säumten mit wundervollen Farben die sauberen Wege. Kleingehaltene Hecken teilten das Gelände auf und bewirkten etwas Distanz. Ein kleiner Teich, auf dem sich einige Enten tummelten, ließ ein angenehmes Klima entstehen.

Gegen Abend wurden Kerzen aufgestellt. Sie erweckten eine behagliche, entspannte Abendstimmung. Unter einem Baldachin spielte ein kleines Orchester leise sanfte Melodien.

Plötzlich rief ein Gong zum gemeinsamen Abendessen. Zu dieser Zeit waren die meisten der Gäste schon da. Im großen Festsaal traf man sich.

Eine gute Intelligenzleistung des Zeremonienmeisters war es, wischen den Magierinnen ganz normale Menschen, vorzugsweise ansehnliche Männer, zu setzen. So kamen sich die Damen nicht zu nahe und hatten zudem einen aufmerksamen Gesprächspartner.

Später am Abend wurde noch von einigen ein fröhliches Beisammensein gefeiert, aber die meisten hatten eine lange Reise hinter sich und legten sich daher rechtzeitig zur Ruhe.

Am Folgetag begann dann das eigentliche Fest. Ein Blasorchester weckte am Morgen mit einer beschwingten, fröhlichen Melodie die Gäste auf, zumindest diejenigen, die noch schliefen. Das waren aber nicht mehr viele. Die meisten waren schon wach. Einige hatten sogar schon einen ausgedehnten Spaziergang in der frischen Parkluft hinter sich.

Kleine Tische waren auf der Schlossterrasse platziert. Frühstücksgedecke mit Gebäck und Getränken standen auf ihnen. Jeder konnte sich seinen Wünschen entsprechend bedienen. Wem es mangelte, der bestellte sich einfach etwas extra.

Dann fanden die Leute sich nach und nach zu einer heiligen Messe ein. Schließlich mussten auch die Götter einbezogen und milde gestimmt werden. Ein kleines junges Schicksal wollte man doch in ihre Hände legen, damit sie es bewachen und behüten.

Aber die armen Götter, was können sie schon tun, wenn die Menschen ihren Weisungen nicht folgen wollen.

Nach der Messe, mit Segnung und Fürbitte, die von einer honorigen, religiösen Person durchgeführt wurde, stand die Begrüßung des Neugeborenen auf dem Programm.

Unter einem schattigen Baum stand ein kleines Körbchen mit dem Kind. Ein bunter Schirm überdeckte und schützte es. Sanft schaukelte ein Kindermädchen, in einem dunklen Kleid und weißer Schürze, auf einem Stuhl daneben sitzend, das Körbchen. Dieses war aus den dünnen Ruten einer Weide geflochten, und in ihm lag, in gold- und rosafarbenen Kissen gebettet, die kleine Prinzessin.

Neugierig und fröhlich schaute sie in die Welt hinein und staunte über die vielen Tanten und Onkel, die plötzlich um sie herumstanden.

In einer langen Schlange pilgerten nun die Leute an dem kleinen, neuen Erdenbürger vorbei.

Alle wünschten dem Töchterchen des Königspaares alles Gute, viel Glück und Segen und vor allem ein langes, gesundes Leben. Auf einem großen Tisch daneben häuften sich die Geschenke.

Auch die weisen Frauen traten dazu und wünschten dem Kind geistiges Rüstzeug, wie Liebe, Weisheit, Schönheit, Kraft und Stärke, Geschick für allerlei Künste und ähnliches, damit es ein langes und erfülltes Leben führen könne.

Der verhängnisvolle Fluch einer Magierin
Bevor jedoch die Damen fertig waren und die letzte der weisen Frauen ihren Wunsch aussprechen konnte, platzte die nichteingeladene, dreizehnte der Frauen zornentbrannt, wie ein Donnerschlag mitten in die wartende Menge der Leute. Ihr rabenschwarzes Haar, mit grauen Strähnen durchzogen, war aufgewühlt wie eine tiefdunkle Gewitterwolke. Ihr schwarzer Mantel, der von oben nach unten mit feuerroten Streifen durchzogen war, wirkte noch schwärzer als ihr Haar. Ihre Augen blitzten wie ein paar frisch geschärfte, mächtige Küchenmesser, bereit einen großen Schinken zu zerlegen. Das Wasser im Fischteich schien zu gefrieren und ebenso das Blut in den Adern der umstehenden Leute.

Sie dagegen kochte innerlich und begann zu schimpfen. Warum man sie nicht eingeladen habe, wollte sie wissen, sie sei schließlich nicht weniger wert, als die anderen. Im Gegenteil ihre Macht sei wesentlich stärker und mächtiger, als die Kräfte aller anderen zusammen.

Mit jedem Wort welches sie sprach, wuchs ihr Zorn und sie prophezeite dem Kind, wenn es das fünfzehnte Lebensjahr erreicht habe, werde es sich an der spitzen Spindel eines Spinnrades stechen. Und wenn dies geschehe, würde damit auch das Leben der Prinzessin ein Ende finden. Vor Zorn schnaubend stapfte die Magierin wütend davon.

Zu Tode erschrocken rannte der König ihr hinterher und bat um Gnade. Das Kind könne doch nichts für die Missetat, sie solle doch lieber ihn strafen, da er sich nicht um die Gäste gekümmert habe.

Er solle ihr schleunigst aus den Augen gehen, sonst verwandle sie ihn in auf der Stelle in einen Ochsen, der am Spieß gebraten werde.

Magierinnen haben eine andere Einstellung zum Leben als gewöhnliche Menschen. Was ist für sie schon ein Menschenleben. Sie selber leben viele hundert Jahre und sie sind sogar fähig, neues Leben zu erschaffen. Wie sie das allerdings machen können, ist ihr Geheimnis. Doch für einen einfachen Menschen ist sein Leben oder das seines Kindes einzigartig und unwiederbringlich. Ein normaler Mensch hat leider keine magischen Kräfte. Hätte sie auch nur ein normales Menschenleben gehabt, würde sie sicher nicht so leichtfertig schlimme Zaubersprüche aussprechen.

Doch Magierinnen können kein normales Menschenleben leben, denn sie sehen über die Grenzen des fleischlichen hinaus. Sie wissen daher, dass der Körper nur eine zeitweilige Hülle ist. Aus ihrer eigenen Sicht gesehen, wird die Prinzessin nicht sterben. Aber wie sollen normale Menschen dies nur verstehen können?

Kreidebleich und zu Tode erschreckt blieben König und Königin zurück und wussten nicht, wie ihnen gerade geschehen war. Ihrem jungen Glück, welches sie erst vor wenigen Tagen auf die Welt gebracht hatten, wurde vorschnell ein zu frühes Ende prophezeit.

Auch die Gäste entsetzten sich dessen, was gerade eben geschehen war.

In seiner Not bat der König die anderen weisen Frauen doch etwas gegen diesen bösen Zauberspruch zu tun, man könne einem Kind, welches gerade auf die Welt gekommen ist, doch nicht schon und vorschnell sein Ende bestimmen.

Leider waren die anderen nicht mächtig genug, um diesen wirklich kraftvollen Zauberspruch aufzulösen. Sie sahen keine Möglichkeit, wie sie helfen konnten.

Ein Gegenzauber
Nur die zwölfte der weisen Frauen, die ihren Segenswunsch dem Kind gegenüber noch nicht ausgesprochen hatte, bot an, ihren Wunsch dem Kinde gegenüber zu ändern. Sie sagte zwar auch wie die anderen, dass sie nicht die Macht habe, um die kraftvolle Zauberformel rückgängig zu machen, aber sie wäre durchaus fähig, etwas daran zu ändern. Sie könne die wirkende Kraft verteilen, und damit schwächen, dass das Kind nicht sterben müsse, aber es würde, und mit ihm auch alle anderen im Schloss, solange schlafen, bis die Kraft des Zauberspruchs aufgebraucht sei.

Es sei, sagte sie, wie mit einem starken Gift, wenn man es nur genug verdünne, dann wirke es nicht mehr tödlich.

Trotzdem hat es noch starke Auswirkungen, daher könne einer allein es nicht überstehen. Darum müsse die Kraft über die Menschen des ganzen Schlosses verteilt werden. Die Wirkung könne allerdings durchaus hundert Jahre andauern, denn die dreizehnte Frau sei eine wirklich sehr mächtige Zauberin. Was sie selbst dazugeben könne, so meinte sie, sei, dass niemand in dieser Zeit altern solle.

Wenn dann eines Tages ein tapferer Prinz käme und die Prinzessin mit einem Kuss aufwecke, dann könnten alle so, wie jetzt gesund weiterleben. Der König war sofort damit einverstanden, denn, so meinte er, wenn seine Tochter nicht leben dürfe, dann würde auch er nicht länger leben wollen, aber wenn es nur ein langer Schlaf ist, dann können eigentlich alle ruhig schlafen.

Und so wünschte die letzte der eingeladenen Magierinnen der kleinen Prinzessin und den Bediensteten des ganzen Schlosses, einen gesunden Schlaf, wenn es dann eines Tages, soweit sei. Und dazu sollten sie alle die nötige Kraft und Stärke haben, um die kommende schwere Zeit gesund durchstehen zu können.

Eine weitere Sache wolle sie noch dazugeben, sprach sie, eine mächtige, dicke Dornenhecke solle das Schloss und alle Leute darin schützen, bis die Kraft des Zaubers sich eines Tages auflöse. Keinem solle in dieser Zeit irgend ein Leid geschehen.

Sicherheitshalber, so sagte sie, solle man aber alle Spinnräder aus dem Königreich entfernen, dann könne der böse Zauberspruch der nichteingeladenen Magierin auch nicht eintreffen.

Natürlich wusste sie, dass die dreizehnte Magierin schon dafür sorgen würde, dass ihr Zauberspruch eintritt, wenn die Zeit gekommen war. Aber für die Leute hier, war es erst einmal eine Beruhigung.

Danach begann sich die Lage wieder zu entspannen. König und Königin wussten jetzt, was sie zu tun hatten, um das Leben ihres Kindes zu schützen. In etwas verhaltener Weise wurde weitergefeiert.

Natürlich hatte die dreizehnte Magierin mitbekommen was geschehen war, nachdem sie die Feier verließ. Daher stellte sie ihre Gegenspielerin später zur Rede.

„Warum hast du meinen Zauberspruch verändert?", wollte sie erbost wissen.

„Warum willst du diese Menschen plagen mit Dingen, die sie nicht verstehen können?", warf ihr die andere vor, „außerdem sind hundert Jahre Schlaf länger als ein ganzes Leben eines Menschen! Gib dich also zufrieden!"

Sicher war die dreizehnte die mächtigste Magierin in der ganzen Gegend, aber eine Auseinandersetzung mit der anderen würde auch ihr viel Schaden zufügen, und der war die Sache nicht Wert. Die beiden wechselten ein paar zornige Worte und verschwanden dann wieder, jede in ihr eigenes Reich.

Noch am selben Tag begann man alle Spinnräder einzusammeln und zu zerstören. Das ganze Schloss wurde von der obersten Dachkammer bis zum tiefsten Kellerloch durchsucht, ja förmlich durchgraben, bis man alles, was auch nur annähernd spitz aussah, gefunden hatte. Alle Ställe, alle Hütten, alle Lauben, alles, in dem irgendetwas liegen konnte, wurde durchsucht.

Obwohl ja noch viele Jahre bis zum fünfzehnten Lebensjahr kommen würden, man wollte nicht warten.

Einsammeln aller Spinnräder
Der Schreck den die Magierin hinterlassen hatte war so gewaltig, dass der König sofort und entschieden handelte.

Er erließ den Befehl, der durch sein ganzes Land ging, dass im gesamten Königreich, alle Spinnräder eingesammelt und zerstört werden müssen.

Die Menschen waren aufgebracht. Was sollten sie ohne ihre Spinnräder tun? Sie mussten doch Wollfäden für ihre Bekleidung herstellen. Vorbei war es mit dem gemütlichen, abendlichen Beisammensitzen, Wollfäden spinnen und erzählen, was alles so im Lande passiert.

Sicher saß man auch weiterhin abends zusammen, aber nicht mehr in fröhlicher Runde, sondern traurig und man schimpfte über die schlimme Entscheidung des Königs. In der ersten Zeit schimpfte man nur. Die Leute waren so sehr über den Befehl des Königs aufgebracht, dass sie aufgrund ihres Schimpfens, nicht einmal Zeit zum Spinnen gefunden hätten.

Wer konnte, beschaffte sich von außerhalb Wolle und wenn er das Geld hatte, gleich die ganze Bekleidung, die er brauchte. Je tiefer man aber in das Land hineinkam, desto ärmlicher sahen die Leute im Laufe der Jahre aus. Anstatt sich neue Sachen anzufertigen, liefen sie in Lumpen herum oder flickten ihre getragene Bekleidung mit Fetzen aus zerschlissenen alten Bekleidungsstücken.

Ein Hauch von Ärmlichkeit überdeckte im Laufe der Zeit das Land. Der König wusste dies wohl, doch was sollte er machen, das Leben seiner Tochter war ihm wichtiger.

Ab und zu schickte er Händler in fremde Lande, um neue Bekleidung zu kaufen. Diese war zwar sehr schön, aber auch sehr teuer und nur wenige seiner Untertanen konnten sich diese Sachen leisten.

Gedankenverloren saß mein Dienstherr vor seinem Weinbecher und stützte seinen Kopf. Er war etwas traurig aber auch voller Wein, dem guten wohlgemerkt, dem Wein der viel von diesem Weingeist innehatte, der den Kopf schwer machte. Jetzt wusste ich zumindest, was damals geschehen war vor vielen Jahren, als das Unheil begann. Doch was war geschehen in all den Jahren bis die Prinzessin ihr fünfzehntes Lebensjahr erreicht hatte?

An diesem Abend erfuhr ich es nicht mehr. Die Zunge war meinem Herrn zu schwer geworden, nach den vielen Bechern Wein. Ich sah, dass er wohl bald am Tisch einschlafen würde, daher dachte ich, dass es besser wäre, wenn er in sein Bett ginge. Zum Glück konnte er ja am nächsten Morgen entspannt ausschlafen. Die Bäuerin und der Knecht würden sich um alles kümmern.

Der viele Wein hielt ihn aber unten, auf seiner Bank. Also half ich ihn hoch und stützte ihn auf den Weg in seine Schlafkammer. Vorsichtig trug ich die Kerze, die uns den Weg leuchtete und nahm sie wieder mit hinaus, nachdem er sich in sein Bett gelegt hatte.

Sein lautes Schnarchen sagte mir, dass er eingeschlafen war. Dann war es auch Zeit für mich.

Ich sollte besser auch noch ein paar Stunden schlafen, denn bald würde der alte Hahn die Morgenstunde ankrähen.

Die Kinder- und Jugendzeit der Prinzessin
Irgendwann ergab sich wieder eine Möglichkeit meinem Herrn weitererzählen zu lassen. Ich wollte doch unbedingt wissen, wie die Geschichte mit der Prinzessin weiterging. Öffentlich redete ja keiner über die Vorkommnisse von damals, aber untereinander erzählten sie sich alles, wenn sie in ihren stillen Kammern beisammen saßen. Daher kam es auch, dass mein Dienstherr ausführlich Bescheid wusste. Ich war mir durchaus klar darüber, dass die eine und andere Ausschmückung der Geschichte zugefügt war. Aber an der Wahrheit, die zugrunde lag, änderte das nichts.

Ein Krug von dem guten Wein hielt auch diesmal seine Zunge beweglich, auch wieder der gute, von ganz hinten aus dem Weinkeller. Und so legte er los, um weiterzuerzählen.

Die kleine Prinzessin wuchs heran, sagte er, wie jedes andere Kind auch. Und wie alle Kinder ihres Alters, sprühte auch sie voller Aktivität. Ein kleiner Vulkan war sie eben, voller Übermut und Fantasie, der alle Augenblicke ausbrach. Dazu kam ihr rötlich blondes, langes Haar, an dem man schon erkennen konnte, dass ein kleiner Feuerberg in ihr steckte. Aber sie wurde behütet und bewacht, vielmehr als jedes andere Kind.

Das grenzte ihre Freiheit gewaltig ein und sie litt darunter. Sie war ja das einzige Kind des Königspaares, außerdem eine junge Prinzessin und zum Leidwesen ihrer Eltern, lastete ein gewaltiger böser Zauberspruch auf ihrem Leben. Doch sie wusste dies noch nicht.

Die Kinder der Bauern hatten ihre Freiheit und auch viele Geschwister. Wenn da abends nicht nachgezählt wurde, konnte es durchaus sein, dass mal eines fehlte. Das machte aber nichts, gewöhnlich kam es irgendwann wieder. Es saß halt irgendwo anders mit am Tisch, wo man auch nicht so genau wusste, ob es überhaupt dazugehörte.

Bei der Prinzessin dagegen achtete man ganz genau darauf, wo sie war, was sie machte und wer bei ihr war. Niemand, den man nicht genau kannte, durfte zu ihr. So kam es, dass das Leben des königlichen Kindes schon von Anfang an sehr begrenzt war.

Anfangs reichte noch ein Kindermädchen aus, doch als der Aktionsradius der kleinen Prinzessin immer größer wurde, bekam sie noch einen Leibwächter an die Seite gestellt. Das gefiel ihr aber gar nicht und sie versteckte sich daher oft vor ihm.

Der arme Mann wusste dann nicht wo sie war, obwohl er doch die Verantwortung trug und es wissen sollte. Er hoffte in solchen Augenblicken, dass weder der König, noch die Königin gerade jetzt nach der Prinzessin fragten.

Der König konnte in solchen Fällen auch sehr zornig werden. Sicher wusste der Leibwächter warum dies so war, aber er litt dann doch sehr.

Waren Feste und Feiern angesagt, so wurde tunlichst darauf geachtet, dass man nur Leute einlud, denen man vertrauen konnte, die auch keine Geschenke brachten, welche gefährlich für das Kind werden konnten.

Als normale Menschen, die der König und seine Frau ja waren, malten sie sich alle möglichen Szenarien aus, wie sich der Zauberspruch der dreizehnten Magierin erfüllen würde. Da man alle Spinnräder aus dem Königreich verbannt hatte und zudem auch noch alle spitzen Gegenstände, an denen sich die Kleine hätte stechen können, vermutete man, dass vielleicht ein anderer unbeachteter, spitzer Gegenstand zur Gefahr werden könnte.

Alles, was man als einfacher Mensch tun konnte, war zu verhindern, dass dieser böse Zauberspruch sich erfüllen konnte. Also achtete man ständig darauf, dass keiner etwas gefährlich spitzes, womöglich unbedacht als ein Geschenk, mitbrachte.

Die Garde
Zudem hatte der König eine Garde von Leuten eingerichtet, die ständig das ganze Schloss und auch das umliegende Land nach spitzen Dingen absuchten und sie dann entfernten.

Das brachte aber viel Ärger mit sich, denn überall wurden spitze Dinge gebraucht. In Küchen und in Werkstätten lag viel spitzes Zeug herum. Messer, zum Beispiel, durften in Zukunft nicht mehr spitz sein. Da hätte man die Köche hören sollen, wie sie schimpften. Wie sollten sie jetzt das Essen zubereiten, ohne spitze Messer? Alle Messer mussten nun gerundet werden. Gabeln wurden kurzerhand verboten. Die Mahlzeiten mussten eben so zubereitet werden, dass man sie mit Löffeln essen konnte.

Irgendwie musste es möglich gemacht werden. Wer das aber nicht konnte, fasste eben mit der Hand zu. Dies war zwar nicht so sauber, aber es war am einfachsten. Man sollte sich eben vorher die Hände gewaschen haben und danach am besten auch.

Aber zu den Zeiten damals, wurde dies nicht als schlimm betrachtet. Garantiert gab es genug Zeitgenossen, die ganz glücklich darüber waren, denn so einfach ist das Essen mit Messer und Gabel nicht. Stimmt doch, oder? Eigentlich ist ja alles nur eine Sache der Gewohnheit.

Aber es dauerte eben seine Zeit, bis die Menschen sich umgestellt hatten. Die Heugabeln der Bauern wurden abgestumpft, das war überhaupt kein Problem. Aber was war mit den spitzen Federn, die man zum Schreiben von Briefen brauchte?

Man erfand einfach die Breitfedern für die Breitschrift mit dem Resultat, dass die Schrift jetzt wesentlich schöner aussah. Nebenbei entwickelte sich dadurch die Kunst des Schönschreibens, für welche das Land bald überall bekannt wurde. So veränderte sich allmählich das ganze Königreich und nicht unbedingt zum Schlechteren. Außerdem, zu der Zeit damals, konnten sowieso nicht viele Leute schreiben.

Alle Geschenke, die gebracht wurden, egal von wem, wurden zuerst einmal von der Garde geprüft. Aber dabei blieb es nicht. Alles, was in das Land und in das Schloss gebracht wurde, musste auf die Gefahr, die von einer spitzen und damit gefährlichen Sache ausging, geachtet und kontrolliert werden. Nichts durfte dem Zufall überlassen bleiben. In dieser Hinsicht war der König sehr streng.

Kamen andere Kinder zu Besuch, an Geburtstagen, zum Beispiel, so mussten auch diese an der Garde vorbei und sich untersuchen lassen, ob sie irgend etwas spitzes dabei hatten. Im Laufe der Jahre kamen daher immer weniger Kinder zu den Geburtstagen. Sie hatten Angst vor den strengen Männern, die mit ernsten Gesichtern nach gewissen Dingen suchten. Deshalb befahl ihnen der König irgendwann mal, bei solchen Gelegenheiten etwas freundlicher zu schauen.

Neugier
Viel half es nicht, als die Männer der Garde freundlichere Gesichter machten. Sie flößten den Kindern und auch so manchem Erwachsenen trotzdem großen Respekt und eine gewisse Angst ein. Wer kann sich schon frei und ungezwungen bewegen und fröhlich sein, unter den scharfen Augen von Wächtern, die jede noch so kleine Bewegung beobachten.

Neben dieser Garde hatte die Prinzessin auch noch ihren persönlichen Leibwächter. Sie versuchte, hin und wieder, diesem Aufpasser zu entwischen. Für sie war es ein Spiel, welches dem Leibwächter allerdings große Probleme bereitete.

Neugier trieb sie an, sie wollte die geheimnisvolle Welt außerhalb der Schlossmauer, auch kennen lernen.

Als sie dann etwas älter war, hatte sie nur noch ganz wenige Freunde und die kamen auch immer seltener. So blieb ihr nichts anderes übrig, als sich neue Unterhaltung zu suchen. Ein Hund, den sie sich gewünscht hatte, wurde ihr treuester Freund.

Er hatte den Vorteil, dass er mit Hilfe seiner feinen Nase Wege finden konnte, die noch keiner kannte.

Zum Beispiel einen geheimen Weg, der durch einen Spalt in der Schlossmauer, aus dem Schlossgarten hinausführte. Diese Stelle war verwachsen, daher hatte ihn noch keiner entdeckt. Da es schon lange keine Belagerungen mehr gab, war ein solcher Spalt auch nicht dramatisch. Die kluge Politik des Königs hatte zu einem stabilen Frieden geführt.

So konnte die Prinzessin ungesehen ihrem Bewacher entkommen und sich in aller Ruhe die Gegend um das Schloss herum ansehen. Wild und unordentlich war es hier, aber auch sehr interessant.

Der Leibwächter war außer sich, als er feststellte, dass die Prinzessin weg war. Er betete, dass nicht gerade jetzt jemand kam und nach der Prinzessin fragte. Er schaute, dass er dem Königspaar rechtzeitig aus dem Weg ging.

Als die Kleine dann wieder auftauchte, bat er diese inständig nicht wieder so unauffällig zu verschwinden.

Die aber antwortete ganz frech, dass sie selbstverständlich beim nächsten Mal ihren Leibwächter auch mit auf die Toilette nehmen würde. Er dürfe ihr dann gern den Hintern säubern. Das half etwas, denn darauf hatte der Leibwächter absolut keine Lust. Beim nächsten Mal, als er sie wieder nicht finden konnte, fragte er dann nur noch, ob sie mal wieder auf der Toilette war.

Sie lernte schnell sich ihre Freiräume zu schaffen und zu erhalten. Diese ständige Bewachung war schlimm und sie verstand auch nicht, warum dies unbedingt sein musste. Jeder kleine Bauernjunge hatte mehr Freiheit als sie, das konnte wohl nicht angehen.

Der König, der das mitbekam, verlangte von ihr, dass sie ihrem Leibwächter einfach mitnehmen solle, wenn sie das Schloss verlassen wolle. Sicher sei sicher, denn außerhalb des Schlosses lauern doch so einige Gefahren, die sie nicht kenne.

Als sie später alt genug war, um Reiten zu lernen, bekam sie ein Pferd. Es war ein friedlicher und freundlicher Schimmel. Mit zwei Leibwächtern durfte sie sogar das Schloss verlassen und die Umgebung erkunden.

Die Umgebung des Schlosses

So entdeckte sie nach und nach die Umgebung des Schlosses. Nur sehr widerwillig nahm sie ihre Leibwächter mit. Auf Wunsch des Königs musste sie sogar noch einen weiteren Wächter mitnehmen. Sicher ist sicher!

Sie besuchte die Bauern der Umgebung, war freundlich zu ihnen und schaute zu, wie sie ihre Arbeiten machten. Auf den Bauernhöfen war immer buntes Treiben, ganz anders als im Schloss. Da sagte auch keiner, dass man den Finger nicht in die Nase stecken solle oder dass man sich unbedingt die Hände waschen müsse, bevor man etwas isst. Man konnte die kleinen, gelben Rüben aus der Erde ziehen, sie kurz mit Wasser abspülen und dann essen. Sie schmeckten einfach herrlich, so richtig nach Natur. Sie waren nicht von einem Koch kunstvoll zubereitet und noch gewürzt, sie waren, wie sie eben waren, so richtig echt. Bis jetzt hatte sie gar nicht gewusst, dass Rüben in der Erde wachsen und sie wusste auch nicht wirklich, dass Eier von den Hühnern kommen. Sicher hatte sie schon mal davon gehört, so, wie man eben was hört und gleich wieder vergisst.

Da waren Kühe, die Milch gaben, Ziegen, die herummeckerten und überaus neugierig waren. Sie sah Pferde, die mit einem Flug, Furchen durch einen Acker zogen. Da gab es Knechte und Mägde, die den ganzen Betrieb in Gang hielten. Sie holten Heu für die Kühe, fütterten die Schweine und die Hühner, sie mussten Beeren und Pilze aus dem Wald holen, Wasser aus einem Brunnen ranschaffen, Pferde vor den Karren spannen und noch viele andere Arbeiten erledigen.

Wollte sie aber selber mal was anfassen und helfen, so meldete sich gleich ihr Leibwächter: „Nein, nein Prinzessin, lasst dies lieber. Seht nur, die scharfen Kanten dran. Ihr könntet euch verletzen.

Auch sollte sie immer diese lästigen Handschuhe anziehen, aber mit diesen Dingern konnte sie nie wirklich spüren, wie sich etwas anfühlte. Das gefiel ihr absolut nicht.

Sie beschloss daher in Zukunft wieder ohne den Leibwächter und ohne die ständigen Belehrungen unterwegs zu sein, um sich die Gegend anzuschauen.

Als sie wieder unterwegs, zurück zum Schloss waren, sah sie noch eine kleine Hütte, tief unten im Tal am Bach. Da wollte sie unbedingt in den nächsten Tagen mal hin. Das Häuschen war halb im Wald versteckt und sah höchst interessant aus. Wer weiß, welches Geheimnis es verbarg.

Inzwischen hatte sie ja schon das Alter von fünfzehn Jahren erreicht und brauchte, ihrer Meinung nach, absolut keinen Bewacher mehr. Was sollte auch schon passieren. Wenn der Himmel einstürzt, kann ein

Leibwächter auch nichts machen, und außerdem war ja ihr großer Hund immer dabei.

Ein paar Tage später ergab sich die Gelegenheit, mal wieder auszureißen. Sie schlüpfte durch den Spalt in der Mauer, musste in das Tal hinunter, den Bach entlang, dann um eine kleine Anhöhe herum, noch ein paar Meter und dann stand sie vor dieser kleinen Hütte. Vom Schloss aus war sie nicht zu sehen, darum hatte sie es bis jetzt auch nicht entdeckt.

Ihr großer Hund durchschnüffelte, erregt die Umgebung. Irgendetwas, was Vorsicht gebot, roch er. Ein leises, warnendes Knurren ließ er hören.

Die mürrische alte Frau
Vorsichtig schaute die Prinzessin in das Fenster der Hütte, ein Lichtschimmer war innen zu erkennen. Ein leises, gleichmäßiges, ständig wiederkehrendes Geräusch konnte sie innen hören. Behutsam öffnete sie die Tür. Ein Knarren der rostigen Scharniere war zu hören. Sie waren wohl schon sehr lange nicht mehr geölt worden.

Innen saß eine alte Frau vor einem seltsamen Gerät, an dem sich ein großes Rad drehte. Die Prinzessin trat leise ein, schaute eine Weile schweigsam zu und versuchte zu verstehen, was die Alte da tat.

Nach einer Weile fragte sie die alte Dame, was sie denn da mache. Aufgeschreckt schaute die Alte auf und sagte in einem schroffen Ton zu dem Mädchen, dass sie nach Hause gehen solle, sie hätte hier nichts zu suchen.

„Aber du kannst mir doch wenigstens sagen, was du tust."

„Ich spinne", sagte diese kurz und bündig.

„Und dazu musst du dieses Rad drehen?", fragte die Prinzessin.

„Ja!", bekam sie zur Antwort.

„Und dann kommt dieser Faden da heraus?"

„Ja! Hier wird die Wolle aufgesteckt", sie nahm den Wollballen hoch und steckte ihn wieder auf die Spindel, „daraus wird ein Faden gezogen und hier wird er aufgewickelt. Das ist alles. Jetzt geh nach Hause und sage es nicht deinem Vater!"

Das war zu kurz erklärt, die Prinzessin wollte mehr wissen.

„Kann ich das auch mal versuchen?"

„Nein!"

„Warum nicht?"

„Weil ich nur dieses Spinrad hier habe und meine Arbeit fertig machen muss! Geh nach Hause!"

„Ich möchte auch solch ein Spinrad haben."

„Dann suche selbst bei dir im Schloss eines! In irgend einem Eck wirst du schon eines finden! Geh jetzt nach Hause!"

Ein eisiger Blick folgte der scharfen Anweisung.

Die Prinzessin verließ das Haus wieder, schloss die Tür, rief ihren Hund und machte sich auf dem Heimweg.

Alle waren immer freundlich zu ihr, nur diese alte Frau war grob. Das kannte sie nicht, sie hatte der Alten doch nichts getan, sie war nur neugierig, das ist doch nicht schlimm.

„Geh nach Hause! Geh nach Hause!", wiederholte sie missmutig die barschen Anweisungen der Alten,

„die muss doch noch ein paar andere Wörter kennen, außer: Geh nach Hause."

Aber dieses Rad war schon eine interessante Sache. Im Schloss gab es viele Räume, die sie noch nicht kannte. Vielleicht würde sie in irgendeinem der Zimmer, ein solches Ding finden. Zurück im Schloss fing sie gleich an alle Zimmer zu durchsuchen.

Was sie denn suche, fragte ihr Leibwächter, nachdem er seinen Ärger darüber, dass die Prinzessin wieder mal unbeaufsichtigt verschwunden war, verdaut hatte. Ein Spinnrad suche sie, war ihre Antwort. Der Leibwächter erschrak und meinte zu ihr, dass sie dies lieber nicht tun solle, denn alle Spinnräder wurden vor vielen Jahren schon eingesammelt. Ein solches Gerät ist viel zu gefährlich, sagte er, man könne sich an der Spindel stechen und das sei nicht gut.

Ach was, meinte sie nur, die alte Frau in der Hütte hatte damit Wollfäden gesponnen und hatte sich auch nicht gestochen. So gefährlich sei dies nicht! Dem Leibwächter blieb nichts anderes übrig, als hinter der Prinzessin hinterher zu rennen, was ihr aber missfiel. Daher versuchte sie ihm wieder zu entwischen.

Sie hatte sich im Laufe der Zeit so einige Tricks angeeignet. Schnell einen anderen Umhang überwerfen und die langen Haare verstecken, dazu noch einen anderen Verhaltensausdruck und der Wächter rannte an ihr vorbei ohne sie zu bemerken - und schon war sie weg.

Ein Wächter, der dies auf Dauer durchhielt, war noch nicht geboren. Denn er hatte sich ja schließlich vor dem König zu rechtfertigen. Der König war dann oft ungehalten. Seine Tochter war ja schließlich fünfzehn Jahre alt geworden und stand nun ständig unter der Gefahr des Zauberspruchs. Dieser sollte ja nach Möglichkeit nicht eintreten, aus diesem Grunde war gerade jetzt, höchste Wachsamkeit geboten.

Die Prinzessin ließ sich nicht abhalten, sie durchsuchte weiter das Schloss nach einem solchen Spinnrad. Irgendwo würde sie bestimmt eines finden.

Nahe der Bachstube ertappte der Leibwächter sie wieder. Schnell verschwand sie in der Backstube, zog einen weißen Kittel über, versteckte ihr Haar unter einer weißen Haube und hantierte dann so wild mit Mehl herum, dass der Wächter welches in die Augen bekam und eine Weile nicht mehr sehen konnte. Sie machte sich einen Spaß daraus, ihn in die Irre zu führen und der arme Mann musste leiden. Er war diesem Versteckspiel nicht gewachsen.

Sie konnte tun und lassen, was sie wollte, während der Wächter die Konvention des höfischen Verhaltens beachten musste.

Der Stich an einer Spinnradspindel

Der Leibwächter hatte irgendwann ihre Spur wiedergefunden. Sie war hoch oben zum obersten Turmstübchen unterwegs. Er rief ihr noch nach, dass sie auf ihn warten solle. Schnaufend rannte er ihr hinterher. Natürlich war sie schneller und hatte es sich in dem kleinen Zimmer schon bequem gemacht, als er auch oben ankam.

Sie war nicht das erste Mal hier und - wie schrecklich, sie hatte hier ein altes Spinnrad gefunden, an dem sie schon saß, als er die Tür erreichte.

„Prinzessin nicht!", rief er laut und erschreckt, „das solltet ihr nicht tun, das ist viel zu gefährlich für euch!"

„Ach was, gefährlich, ihr mit eurer Angst, das ist ganz einfach, man nimmt einen Haufen Wolle und ...", sie hob einen kleinen Haufen Schafwolle, der neben dem Spinnrad lag auf.

„Nein! Tut dies nicht!", rief der Wächter.

„...und steckt ihn hier auf die Spi... - Ahh! Ich habe mich gestochen! Schnell, es blutet und tut weh."

Man sollte erwähnen, dass in diesen alten Tagen auf allen Schlössern und Burgen, garantiert irgendwo irgendwelche alten vergessenen Spinnräder herumstanden. Ganz ungefährlich waren sie nicht, denn immer wieder mal, stach sich jemand an den spitzen Spindeln, auf denen die ungesponnene Wolle aufgesteckt wurde, in den Finger.

Der König, der die Rennerei aufwärts in den Turm mitbekommen hatte, kam schwer schnaufend und mit letzter Kraft, auch an der Türe an.

Als er dann sah, dass trotz aller Sicherungsmaßnahmen, seine Tochter sich an der Spindel eines vergessenen Spinnrades gestochen hatte, verkrampfte sich sein Herz und wollte aufhören zu schlagen, aber der Zauber wirkte schon und auch schnell. Bevor sein Herz aussetzen konnte, war er eingeschlafen.

Der Leibwächter sank ebenfalls dort in die Knie, wo er gerade stand und schlief ein. Die Prinzessin selbst, die zu dieser Zeit noch ihren richtigen Namen trug, den aber heute keiner mehr kennt, weil sie später nur noch Dornröschen genannt wurde, schlief neben diesem Spinnrad, auf einer weichen Bank ein.

Von dem Turmstübchen ausgehend, schwappte der Schlaf, wie eine unsichtbare Welle, durch das ganze Schloss. Er fand jedes kleine Kämmerchen, durchdrang die ganze Dachbühne, die großen Säle, die Wirtschaftsräume, Räume der Bediensteten. Die machtvolle Schlafwolke machte auch vor dem Gemach der Königin nicht halt. Die aber hatte sich sowieso gerade zum schlafen hingelegt und merkte daher nicht, was passiert war, sie schlief einfach weiter.

Dem Küchenjungen unten in der Küche, der ohnedies immer müde war, fiel das Messer plötzlich aus der Hand. Der Koch wollte ihm eine Ohrfeige geben, schlief aber während seiner Bewegung, ein. Dann stand er schlafend da, bis seine Knie nachgaben und er nach unten sank. Halb lag er dann auf dem Küchenjungen, der aber davon nichts mehr mitbekam.

Ein Huhn, welches für das Essen bestimmt war, schaffte es tatsächlich noch im letzten Moment, als die Hand der Magd müde wurde, zum Küchenfenster hinaus zu entfliehen. Es kam aber nicht weit. Mitten in ihrem Flugversuch, um zu entfliehen, schlief das Huhn ein und fiel in einen Busch.

Die Enten im großen Gartenteich schliefen, während des Schwimmens, ein. Das fiel nicht weiter auf, denn der Wind trieb sie trotzdem ständig umher.

Bei der Königin Mutter war es anders. Die schlief zwar auch ein, da sie aber ihr Leben lang, bei jeder Gelegenheit strickte, weil es ihre Lieblingsbeschäftigung war, arbeiteten ihre Hände einfach automatisch weiter, bis die Wolle alle war. Ihre Hände kannten ja nichts anderes.

Und gerade so ging es weiter, durch das ganze Schloss. Der Küfer, im Weinkeller schlief zwischen seinen Weinfässern ein. Das machte aber keinen großen Unterschied, denn er war ja sowieso meistens betrunken und schlief seinen Rausch aus. Auch die Ställe blieben, wie schon gesagt, nicht verschont. Dem Gaul fiel der Hafer, den er gerade fressen wollte, einfach aus seinem Maul und er schlief im Stehen ein. Der faule Stallknecht lag schon in seinem Lieblingseck, in einer leeren Pferdebox. Er hatte im Augenblick nichts zu tun, und merkte daher nicht, dass ihm die Augen zufielen, denn die waren ja schon zu.

Wo die Leute gerade waren und egal was sie machten, sie schliefen ein und mit den restlichen Tieren war es nicht anders.

Der Zauberspruch der bösen Magierin wirkte und er war stark - sehr stark. Nur dadurch, dass er über das ganze Schloss und die Ställe ausgedehnt worden war, wurde seine Kraft geschwächt und niemand kam wirklich zu schaden.

Eine gespenstische Ruhe legte sich über das ganze Schloss. Kein Laut war mehr zu hören, nicht einmal das Schnarchen des Königs und der konnte Schnarchen, ebenso der Koch, der in der Küche lag.

Kein Muh und kein Mäh war zu hören, kein Hahn krähte, kein Hund bellte, kein Knecht schimpfte und währe es nicht der Wind, der den Wetterhahn auf dem Dach hin und wieder drehte, dann wäre dieser wohl auch noch eingeschlafen.

Nur die alten rostigen Scharniere, einer unverschlossenen Türe, die der Wind gelegentlich bewegte, quietschten manchmal. Es herrschte wirklich eine absolute Ruhe.

Die schützende Dornenhecke
Auch der Gärtner tat seine Pflicht nicht mehr, die er gewöhnlich im Garten verrichtete, er schlief in seinem Gärtnerhaus.

Gerade als er sich vorgenommen hatte eine bestimmte Arbeit zu tun schlief er ein. Zum Glück war er noch nicht aufgestanden. Er lehnte an seinem Gärtnertisch und stützte mit dem Arm seinen Kopf. Da er von seiner Mentalität her ein arbeitsamer Mensch war träumte er nur, dass er seine Arbeit machen würde. In seinen Gedanken lief alles so weiter, wie er es kannte. Da wurden Beete abgesteckt, neue Pflanzen gesetzt, Wege gesäubert, der Komposthaufen mit neuen Pflanzenabschnitten aufgefüllt, Dung ausgebracht, der Rasen gemäht und alles andere, was er so normalerweise auch tat. Er merkte nicht, dass er schlief und alles nur in seinem Traum stattfand. Niemand war da, der ihn so sehen konnte und wenn würde er glauben, dass der Gärtner über seine nächste Arbeit nachdenkt.

Er bekam auch die Idee, um das Schloss herum, eine große Rosenhecke anzupflanzen. Schön wuchs sie, in seinem Traum und sie brachte wundervolle Rosen hervor, eine schöner als die andere. Er wusste nicht, dass all die Rosenhecken, die er schon gepflanzt hatte, inzwischen wild wuchsen. Da sie nicht mehr zurückgeschnitten wurden, und sich niemand um sie kümmerte, entwickelten sie eine eigene wilde Entfaltung. Sie wuchsen größer und größer und brachten wundervolle wilde Rosen, mit einem schönen, leuchtenden hellem Rot, hervor. Dies war nur vergleichbar mit der Wildheit und Schönheit von Dornröschen und ihrem langen, rötlichen Haar.

Jahr für Jahr wiederholte sich, von jetzt ab dieses Spiel. Die Rosenhecke mit ihren vielen Dornen wuchs und wurde größer. Sie überdeckte zuerst die ganze Schlossmauer, wucherte dann durch den Garten und über den Schlosspark und wand sich später an den Wänden des Schlosses empor.

Nach ein paar Jahren trug der Schlossgarten einen dicken Rosenteppich. Richtig anschauen konnte man diesen aber nur aus der Luft, was den Vögeln vorbehalten blieb. Die allerdings, hielten respektvollen Abstand, denn sie wussten inzwischen genau, wenn sie zu nahe kamen erfasste sie eine seltsame Schlafwolke, die über dem Schloss schwebte. Nur, wenn sie Glück hatten, trug sie der Schwung ihres Fluges, wieder aus der Wolke hinaus. Außerhalb wachten sie dann natürlich rechtzeitig wieder auf, bevor sie abstürzten. Vorsicht war also geboten, im Bereich des Schlosses und seines großen Gartens. Abstand war lebenswichtig und nicht nur für Vögel. So manches Kleingetier lag schlafend, in einem stillen Eck.

Langsam verschwand, das schöne, große Schloss, der weite Schlossgarten und die angrenzenden Stallungen unter einer dicken mit gefährlich, spitzen Dornen gespickten Rosenhecke.

Der Gärtner, der ein solches nur träumte, merkte nicht, das dies auch in Wirklichkeit geschah, allerdings viel größer und mächtiger. Er hegte und pflegte in seinen Träumen, weiterhin seinen Schlossgarten und glaubte es wäre die Wirklichkeit. Könnte er diese aber sehen, so würde es ihn wohl aus seinem Sessel reißen, denn alles war im Laufe der Zeit meterdick mit Dornrosengebüsch überwachsen und mit langen, dornigen Ranken ineinander verschlungen.

Die Jahre des Schlafens
Auch die Wächter an den Toren schliefen. Sie hatten das Tor nicht geöffnet, weil sie zuvor einschliefen. Und so konnte keiner herein, und niemand sah, dass innen alles schlief.

Die Bediensteten, die außerhalb des Schlosses ihre Arbeit hatten, wunderten sich, dass niemand kam und ihnen neue Anweisungen gab. Solange es ging, machten sie ihre Arbeit weiter, wie sie es gewohnt waren. Später aber, als sie endlich merkten, dass sie ohne Führung dastanden, änderte sich ihr Verhalten. Die einen wurden Herren ihrer eigenen Gnaden, andere wiederum verließen das Land und suchten sich andere Dienstherren. Jeder machte inzwischen, was er wollte.

Diejenigen, die woanders hingingen, brachten überall auch die spärlichen Informationen mit, die recht unterschiedlich waren. Während die einen glaubten, dass alle im Schloss von einer geheimnisvollen Krankheit dahingerafft wurden, sagten andere, dass der König mit seinem ganzen Hausstand in ein neu entdecktes Land auswanderte. Der König habe zwar einen Verwalter eingesetzt, aber der habe alles abgeschlossen und verriegelt und sei dann auch verschwunden. Keiner wisse, wo er jetzt ist.

So machten sich ganz unterschiedliche Geschichten breit. Das gängigste Gerücht war wohl jenes, dass das ganze Schloss verwunschen sei und man daher besser großen Abstand halten solle, damit man nicht selber zu Schaden käme. Keiner wusste wirklich, welche Macht hier am Werke war.

Und so vergingen die Jahre. Die Bauern machten, mit ihrem normalen Tagwerk so weiter, wie sie es kannten, und der Adel in den umliegenden Ländern, vergaß dieses kleine Königreich einfach.

So mancher kleine Beamte, machte sich zum Herrn über sein Amt und verbrauchte die Steuern, die er einsammelte für sich selber. Ihm war es dann auch ganz recht, dass keine Weisungen mehr vom Königshaus kamen und er keine Rechenschaft mehr schuldig war.

Im Laufe der Zeit wurde das Land recht unzugänglich, weil die Wege überwucherten, Hinweisschilder verschwanden und viele Brücken zerbrachen.

Daher hatten sich hier schon viele Menschen verirrt und fanden nur durch Zufall wieder heraus. Sie waren dann recht abgemagert, weil sie nichts zu Essen fanden. Man ging, wenn man konnte um dieses Land herum.

Für die wilden Tiere dagegen, war es ein Paradies. Halb zerfallene Häuser boten Schutz, vor Wind und Wetter. Kellergewölbe waren ideale Verstecke und vor allem im Winter waren sie weniger kalt, als die freie Natur außerhalb. Sie fanden genug Nahrung und Unterschlupf und vor allem fanden sie Ruhe vor den Menschen. So kam es auch, dass Tiere einwanderten, die vorher hier nicht heimisch waren, worüber die verbliebeben Menschen aber nicht glücklich waren. Wölfe und auch Bären waren im Laufe der Zeit hergekommen. Es wurde wahrhaft gefährlich für die restlichen Bewohner.

Einen sonderlichen Ruf bekam dieses Königreich durch die Minnesänger. Sie zogen von Schloss zu Schloss, waren auf Burgen zu Gast, sangen in Adelshäusern und kehrten auch in Wirtshäusern ein.

Sie sangen bei jeder sich gebenden Gelegenheit von diesem schlafenden Land. Ich war ganz hingerissen von dieser bewegenden Geschichte und wäre es nicht schon so spät, dann könnte ich noch ein paar Stunden zuhören.

Der Krug Wein war schon lange leer und es war beileibe nicht der erste. Mehrere Male musste ich in den Keller hinab, um einen weiteren Krug Wein zu holen.

Mein Dienstherr, der schon selig war vom ausgiebigen Weingenuss, wollte zum Abschluss noch das Lied der Minnesänger anstimmen.

Mit tiefer, sonorer Stimme versuchte er es: „Hört ihr Leute die Geschicht', ohne König geht es nicht, ohne Herrn seid ihr verloren, darum öffnet eure Ohren ..."

Ich wollte mir meine Ohren zuhalten, aber dachte dann, dass dies vielleicht zu unhöflich sei. Er traf den Ton nicht und die Melodie passte nicht zum Text, wenn es sich überhaupt um den richtigen Text handelte. Es war wirklich Zeit schlafen zu gehen.

Er versuchte es immer wieder, was ich aber todesmutig ertrug. Irgendwann gab er aber Ruhe. Wir tranken unsere Becher noch aus und schauten, dass wir in unsere Betten kamen. Ich half ihm auch diesmal wieder das richtige Zimmer zu finden.

Machtkampf der Magierinnen
Einiges von dem, was ich schrieb, hatte ich erst im Nachhinein erfahren und dann zugefügt. Die wichtigste Frage aber, die mich schon anfangs interessierte, war die Frage, warum diese dreizehnte Magierin sich so extrem böswillig verhielt.
Was konnte denn ein kleines Kind dafür, dass sie damals nicht eingeladen worden war?

Wir Menschen tun uns schwer, über die Grenzen des Sichtbaren hinweg, in die Welt des Unsichtbaren hinein zu sehen. Wir können die Zusammenhänge und Probleme nicht erkennen, die für die Magierinnen offen ausgebreitet daliegen.

Es war in der Tat so, wie es eigentlich auch bekannt war, dass diese Magierinnen sich nicht mochten und sich, so gut es möglich war, aus dem Wege gingen. Darum hatte der Zeremonienmeister auf Geheiß des Königs, sie auch auseinander gesetzt.

Sie waren wirklich sehr mächtige Persönlichkeiten und ihre geistigen Kräfte waren sehr stark, aber an der Intelligenz, fehlte es anscheinend. Sie waren sehr eitel und sie unterließen es nicht, wenn sich die Möglichkeit bot, der anderen eins auszuwischen. Die Menschen hatten dann darunter zu leiden.

Dieser Zwist reichte weit zurück bis in die dunkle Vergangenheit, und niemand konnte mehr sagen, was die eigentliche Ursache der Auseinandersetzungen war. Sie selber wussten es wohl auch nicht mehr.

Es schien gerade so, als ob die Götter selbst, ihren Spaß daran hatten, wenn sich gebildete, weise Frauen gegenseitig ärgerten.

Die Menschen, die täglich mit ihren eigenen Problemen zu kämpfen haben, können dies nicht verstehen, müssen diese Damen mit ihren eigensinnigen Marotten, aber trotzdem respektieren und achten. Und wehe, es wird mal eine übersehen, dann - dann passiert genau so etwas, was hier passiert war. Das Resultat ist, dass eine kleine Prinzessin, die für nichts etwas kann, leiden muss.

Raubritter
Eigentlich war es ja nur das Schloss mit seinen vielen Bediensteten, welches schlief. Aber dadurch war das ganze Land wie gelähmt und es erschien, als ob es eine Art Winterschlaf halte.

Dies sprach sich in den umliegenden Ländern herum und weckte Gelüste. Es gab keine Verteidigung mehr, daher waren die Bauern der Willkür von Räubern und Raubrittern ausgeliefert, die gelegentlich durch das Land zogen. Eigentlich, so könnte man denken, spielt es keine Rolle, ob den Bauern von ihren Herrschenden oder von fremden Raubrittern etwas genommen wird. Der Unterschied war nur, dass Herrscher regelmäßig ein festgesetztes Maß nahmen, während Raubritter so viel nahmen wie sie wollten, aber nur gelegentlich.

Was aber besser war, sah man erst im Laufe der Zeit, weil Landesdiener auch nicht immer freundlich mit den Bauern umgingen.

Eines Tages setzte sich eine Raubritterbande in der Nähe des Schlosses fest und plagte von dort aus alle Einwohner.

Das erzeugte eine Menge Unmut bei den Menschen. Eine schlechte Stimmung legte sich über das Land und sogar die Tiere des Landes litten darunter. Das führte dazu, dass sich die Magierin, welche die Verwünschung in einen langen Schlaf gewandelt hatte, sich genötigt sah, einmal nachzuschauen, was los war. Sie fühlte sich verantwortlich für die Leute und begann zu überlegen, wie sie das Land von dieser Raubritterbande befreien konnte.

Aber sie musste äußerst behutsam sein, denn durch die Änderung des Zauberspruchs, hatte sie sich schon in die Angelegenheiten der dreizehnten Magierin eingemischt und die konnte, wie bekannt war, sehr böse werden.

Ihre List war es, das Land selbst handeln zu lassen. Es sollte für die Räuber richtig unangenehm werden so, dass diese gerne freiwillig das Land verlassen würden.

Also dachte sie sich, dass Ameisen sehr lästig werden können und ihre scharfe Säure schmerzhaft sein würde, auch für dickhäutige Raubritter. Sie führte das Ameisenvolk eines nahen Ameisenhügels in das Lager dieser Männer. Dort verteilten sich diese Tierchen und krochen in alles hinein, was sie fanden. In Schuhe, Strümpfe, in Hosen und Hemden, die Ameisen ließen nichts aus.

Die Folge war, dass die Räuber ihre Bekleidung ständig wechseln mussten und zornig wurden. Dass es den Ameisen nicht gefiel, diese Bekleidungsstücke mit den Räubern teilen zu müssen, war verständlich. Mit ihrer starken Säure machten sie den Leuten klar, dass da schon jemand drin wohnte.

Die Räuber führten förmlich eine Art Tanz auf, bei dem sie sich ihre Sachen schnell wieder vom Leib rissen. Dann mussten sie schleunigst ihr Lager räumen und sich einen anderen Platz suchen.

Der folgende Tag brachte ihnen noch größere Probleme. Sie hatten ihr neues Lager zu nahe an einem Bienenstock aufgeschlagen. Da Räuber oder Raubritter gewöhnlich keine Achtung vor anderen Lebewesen haben und alles in ihrer Umgebung beschädigen, fühlten sich die Bienen belästigt und griffen die Männer an. Auch hier konnten die Räuber nur schnell fliehen, denn gegen einen großen, aggressiven Bienenschwarm half nur eine sehr schnelle Flucht.

Ein neues Lager musste her. Eine Höhle bot sich an, kühl und trocken im Sommer und nicht zu kalt im Winter. Zu schade, dass sie schon bewohnt war - von einem großen starken Bären. Mit dem wollte sich keiner anlegen, das war viel zu gefährlich.

Eine alte halbeingefallene Ruine, die sie irgendwo im Wald fanden, wäre eine bessere Wahl, aber die wurde von Ratten bewohnt und die machten eine Menge Dreck und Gestank. Müsste doch eigentlich zu den Räubern passen, die hinterließen ja auch viel Dreck und Gestank. Aber deren Geruch war ein anderer, und der passte nicht zu dem der Ratten. Das begriffen die Räuber schnell. So hatten die Ratten weiterhin ihre Ruhe.

Am besten war es wohl im Wald zu bleiben, unter dem Blätterdach von großen alten Bäumen. Aber da war es auch nicht auszuhalten, rundherum heulten bis morgens die Wölfe. An Schlafen war durch diese ständigen Störungen, nicht zu denken.

Das ging nur wenige Tage gut, übermüdet und mit den Nerven am Ende begannen sie Streit untereinander. Der wurde sehr schlimm und führte schnell zu Prügeleien, weil sie ihre Gefühle nicht mehr kontrollieren konnten.

Letztlich entschieden sie sich dafür, dass jeder in einer anderen Richtung das Land verließ. Die Magierin hatte ohne große Probleme ihr Ziel erreicht und die Räuber vertrieben ohne selbst in Erscheinung treten zu müssen.

Ein neues Lied ging durch die Lande

Die Jahre zogen dahin. Manchmal kamen wieder Räuber, doch allzu lange blieben sie nicht. Es war zu mühselig und der Gewinn war zu gering. Aber auch das Wetter machte mit Sturm, Hagel und Überschwemmungen den Menschen Probleme. Es gab schneereiche Winter mit meterhohem Schnee und noch höheren Schneeverwehungen. Da war es gut, sich unter dem Schnee seine Wege zu graben. Das war dann irgendwie lustig und auch sehr idyllisch. Aber der Schnee schmolz wieder. Das Frühjahr kam und das Leben ging weiter.

Auch Krankheiten überzogen das Land und die Leute mussten darunter leiden. Doch auch das ging vorbei und irgendwann, nach vielen langen Jahren ebbte die Kraft des Zauberspruchs, der den Bannfluch der dreizehnten Magierin, in einen Schlaf abmilderte, ab. Es wurde also gefährlich für die Prinzessin, daher musste etwas getan werden.

Ein neues Lied ging durch die Lande, von Minnesängern in den Burgen und Schlössern in den umliegenden Ländern und Reichen vorgetragen. In welchem es hieß:

„Dass an die hundert Jahre vergegangen,
eine holde Prinzessin schlafend gefangen,
im Turm eines Schlosses, ganz hoch oben,
an einem Spinnrad ruhend, von Rosen umwoben,
an dem sie verwundet, schlafend still und leise,
beschützt von Rosendornen auf wirksame Weise,
mit tausend wehrhaft, dornigen Spitzen,
die an fremden Räuberfingern,
große schmerzhafte Wunden ritzen,
und nur den rechten Prinzen passieren lassend,
der Dornröschen mit einem Kuss erfassend,
erwecken sollte, aus langem, Schlafe,
der einzig wirklich brave."

Na ja, dachte ich, der Dichter hätte sich wirklich etwas mehr Mühe geben sollen. Aber der Text entsprach der einfachen Denkweise der Menschen, und außerdem folgten noch ein paar weitere Strophen.

Doch man sollte sich nicht täuschen, die dreizehnte Magierin schlief nicht und war weiterhin da. Es soll nur das geschehen was sie beabsichtige und dafür wollte sie sorgen. Nicht irgendein Prinz wird Dornröschen bekommen, nein, es wird einer sein, den sie ausgesucht hat. Und zudem wollte sie dafür sorgen, dass sie nie wieder bei einer Feier übergangen wird.

Aber ihre Gegenspielerin handelte im Verborgenen. Nur wer anständig und edlen Mutes war, sollte Dornröschen befreien können. Nicht irgendein hartherziger Prinz, dem die Fähigkeit fehlt mit den Menschen mitfühlen zu können. So war bald überall bekannt, dass eine wunderschöne Prinzessin auf ihre Erlösung durch einen mutigen Prinzen wartet und nur, wer edel und tapfer war, könne sie erlösen.

Harte Herausforderung

Doch Selbsterkenntnis ist eine Sache, die nicht jedem zu eigen ist. Und so machten sich viele auf den Weg, zu diesem verwunschenen Schloss. Doch es gab keinen Weg mehr, nur noch dichten Urwald und ein paar Pfade, die überall hinführten nur nicht zu diesem Schloss. Von weitem konnte man es sehen, auf einer Bergspitze, von Bäumen und Büschen zugewachsen und von Dornenhecken überwuchert. Doch im Dunkel des Waldes, ohne Übersicht, hatte man schnell die Spur verloren.

Viele selbsternannte Retter mussten aufgeben, bevor sie überhaupt in die Nähe des Schlosses kamen und mussten froh sein, wenn sie überhaupt lebend wieder aus diesem Lande herausfanden.

Aber es kamen auch andere, hartnäckigere, verbissenere, intelligentere, doch auch sie scheiterten. Es gab zu viele Hindernisse, an denen sie im Laufe der Zeit zerbrachen und daher aufgeben mussten. Das Land selbst, so schien es, verteidigte sich.

Wer aber genau hinsah, und dessen waren nur sehr wenige fähig, konnte die Handschrift der Magierinnen erkennen. Die eine wollte jene Befreier nicht, die andere schreckte die anderen zurück. So ging es lange Zeit. Aber die Retter wurden im Laufe der Zeit intelligenter, da jede Geschichte ihre Runde machte und man von den anderen lernte. Irgendwann führten ausgetretene Pfade direkt bis vor den Schlossberg.

Währenddessen schlief Dornröschen noch ihren tiefen Schlaf und mit ihr das ganze Schloss. Niemand von allen Schlafenden alterte, sie blieben so jung, wie sie anfangs waren. Das war das Geschenk der zwölften Magierin. Und sie hielt Wache, all die Jahre, damit nichts schlimmes geschah. Auch sie war mächtig, sicher nicht so machtvoll wie die dreizehnte, aber stark genug, damit ihr die dreizehnte nicht leichfertig alles verdarb.

Immer wieder kam es vor, dass trotz aller Schwierigkeiten, jemand versuchte das Schloss zu erreichen. Sicher war auch so mancher edle Prinz dabei, doch auch er war zum Scheitern verurteilt, wenn er nicht den Segen einer der beiden Magierinnen hatte. Und selbst wenn es ihm trotzdem gelang, dann stand er vor weiteren undurchlässigen Widrigkeiten, die den Weg zum Schloss versperrten.

So ging es Jahr um Jahr, die Magierinnen hatten eine eigene Zeitrechnung, was störte sie schon ein Jahr mehr.

Prinz Heinrich der Starke

Aber dann kam Prinz Heinrich, auch der Starke genannt. Mit seinem mächtigen Schwert, welches außer ihm kein anderer führen konnte, hieb er alles, was ihm den Weg versperrte, nieder. Nichts widerstand ihm. Da purzelten kleine Bäume, wie frisch geschnittenes Gras hinweg. Aber er war noch weit vom Tor des Schlosses entfernt, als er auf einen Widerstand stieß, den er so noch nicht kannte.

Sein Schwert verfing sich plötzlich mit seinem Griff in dem Dornengestrüpp. Er hatte wohl zu stark ausgeholt und zu tief hinein geschlagen und so steckte auch sein halber Arm drinnen im Gestrüpp. Mit seiner gewaltigen Kraft zog er sein Schwert zurück und gleichzeitig aber auch die langen mit spitzen Dornen besetzten Ranken. Diese waren sehr elastisch und gaben zwar nach, aber ohne aber loszulassen. Sie verfingen sich sogar in seiner Kleidung und beim Versuch sie wieder loszuwerden, geriet er noch tiefer in das Dorngengestrüpp hinein. Die langen und spitzen Dornen rissen ihm tiefe Wunden in die Haut. Er kämpfte wie ein Löwe, aber je mehr er dies tat, umso mehr lange Dornenranken zog er zu sich heran.

Durch seine wilden Bewegungen zog er sie um sich herum, ohne es zu merken. Dort verhakten sie sich recht fest ineinander, bis er sich nicht mehr bewegen konnte.

Leider hatte er keinen Knappen mitgenommen, der ihm hätte helfen können, zu sehr hatte er auf seine eigene Kraft vertraut. Sein Pferd, von dem er abgestiegen war, interessierte das ganze nicht, es hatte besseres zu tun. Das frische, saftige Gras, was hier ganz in der Nähe wuchs, war viel interessanter. Hier konnte es mal nach Herzenslust fressen.

Satt und zufrieden trabte es dann irgendwann gemütlich nach Hause. Von Heinrich dem Starken hatte man seither so gut wie nichts mehr gehört. Man sagt, als er irgendwann aufgehört hatte gegen das Dorngengestrüpp zu kämpfen, hätte dieses ihn losgelassen und er sei auf den Boden gefallen. Auf allen vieren sei er dann recht kraftlos unter dem Dorngengestrüpp langsam hervorgekrochen.

Ein Minnesänger flocht später diese Geschichte, als eine Strophe in sein Lied ein, und trug es den Leuten vor. Es war ein Text, der mit jedem Jahr etwas länger und durchaus gern gehört wurde.

Ein Räuber und seine Bande
Eines Tages wollte ein Räuber mit seiner Bande in das Schloss einbrechen und es ausrauben. Dornröschen interessierte ihn eigentlich nicht, im Gegenteil es war ihm gerade recht, dass es schlief und der ganze Hofstaat auch. So hätte er in aller Ruhe das ganze Schloss ausräumen können. Aber leider haben Räuber keine große Intelligenz, sonst wären sie ja keine Räuber geworden. Und diejenigen, die ihnen folgen haben noch weniger davon und das zeigte sich in ihren Handlungen. Das einzige Geschick, welches sie hatten, und davon hatten sie wirklich genug, war die Fähigkeit, aus kleinen Problemen große zu machen. Sie wollten unbedingt in das Schloss, daher mussten sie die Dornenhecke überwinden. Die war aber rund um das Schloss herum, mehrere Meter dick gewachsen. Da kam man nicht vorbei.

Oben drüber kommt man auch nicht, aber vielleicht gibt es einen Geheimgang? Sie begannen zu suchen, aber es gab keinen. Dann müssen wir uns eben selber einen graben, sagte der Anführer und trieb seine Leute an. Sie fanden einen Spalt im Felsengestein unter dem Schloss. Dort begannen sie zu graben, und sie schufteten viele Tage. Sie schimpften und jammerten und verloren langsam das Interesse an der vermeintlichen Beute. Ihr Anführer erzählte ihnen immer wieder von dem vielen Gold und Silber, welches hier scheinbar nur auf sie wartete. Und so gruben sie weiter und weiter.

Was sie aber nicht wussten war, wo sie mit ihrem Gang herauskommen würden. Das aber hätten sie besser wissen sollen, denn sie gruben sich genau unter dem großen Teich im Garten des Schlosses nach oben. Es schien, als hätte das Wasser nur auf den letzten Spatenstich gewartet. Als dieser dann kam, drückte das Wasser mit voller Kraft abwärts. Gurgelnd floss es durch die Öffnung nach unten und spülte alles lose Erdreich und auch die Räuber hinweg.

Die Wassermassen lockerten zudem noch das Gestein, welches dann in den gegrabenen Gang stürzte und ihn recht fest verschloss. Die Räuber, die endlich mal gewaschen waren, mussten erkennen, dass all ihre ganze Mühe umsonst war. Sie kamen zu der Meinung, dass es sich nicht lohne, ihr Leben wegen ein paar Goldbecher zu verlieren.

Der siegessichere junge König
Wieder verging einige Zeit und wieder machte sich jemand auf den Weg zu diesem Schloss. Diesmal war es ein junger König eines angrenzenden Reiches. Er wollte nicht nur das Schloss, er wollte das ganze Land und wenn Dornröschen ihm gefiel, so würde er sie auch noch nehmen. Aber wichtiger war ihm das Land.

Dafür wollte er aber zuerst das Schloss erobern. Auf die alten, warnenden Sagen hörte er nicht, das war für ihn nur das Geschwätz alter Leute. Mit Angst erreicht man nichts, war seine Devise. Nein, man musste entschieden, energisch und kraftvoll handeln und sich entschlossen nehmen, was man wollte, sonst bekam man nichts.

So zog er siegessicher mit seinen Mannen los. Bald mussten sie feststellen, dass die Orientierung gar nicht so einfach war, wie anfangs gedacht. Seine Soldaten dachten anfangs, alles sei ein leichtes Kinderspiel, sie meinten wohl, man zieht einfach los, besetzt das Schloss und damit hat es sich.

Es war eine Zeit, in der viele schmackhafte Pilze im Walde wuchsen. Schnell waren einige eingesammelt und dann daraus eine wirklich gut schmeckende Suppe gekocht. Aber bei Pilzen sollte man sich gut auskennen, denn nicht alle, die gut schmecken, sind auch gut für die Gesundheit.

So war ganz schnell die Hälfte seiner Truppe krank und lahmgelegt. Diese quälten sich mit schlimmen Magenschmerzen herum und waren für nichts mehr zu gebrauchen.

Mit dem Rest seiner Leute zog der junge König dann weiter. Wie schon gesagt, es war nicht so einfach in den dichtbewachsenen Wäldern den richtigen Weg zu finden. Sie verliefen sich, irrten umher und merkten nicht, dass sie die Grenzen des Landes überschritten hatten und so befanden sie sich unversehens in einem fremden Reich.

Bevor sie richtig erkannten, wo sie sich wirklich befanden, zettelten sie mit den Einheimischen einen üblen Streit an.

Das war schlecht für sie, denn der herrschende Gouverneur war schon benachrichtigt worden. Er hatte die Information bekommen, dass da fremde Soldaten in sein Land eingedrungen seien und hatte daher schnellstens, eigene Soldaten herbeigeordert. Diese jagten die Eindringlinge schnell wieder hinaus.

Die Kampfkraft des forschen, jungen Königs schmolz zusehends dahin. Wieder hatte er einige seiner Leute verloren. Verwundet und verletzt mussten diese erst gesund gepflegt werden, daher schickte er sie nach Hause.

Belustigt sah die zwölfte Magierin aus dem Verborgenen zu. Natürlich hatte sie ihre Finger mit im Spiel gehabt, doch keiner hatte es bemerkt. Für den Rest der Leute würde sie sich auch noch etwas nettes ausdenken. Die spitzen Dornen der Rosenranken warteten förmlich auf die Angreifer. Irgendwann stand der junge König dann vor dem zugewachsenen Schloss.

Übermächtig wie ein böses Monster schien das Dornengestrüpp auf ihn und seine Mannen zu lauern. Wenn die Rosensträucher erst einmal weg sind, dann haben wir ein leichtes Spiel, meinte er, und trieb seine Leute an.

Also begannen sie das Dornengestrüpp abzuhauen. Aber diese dicht gewachsenen ineinander verflochtenen Büsche waren über all die vielen Jahre zu einer eigenen Welt, mit eigenen Einwohnern zusammengewachsen. Diese Einwohner hatten etwas dagegen, dass ihre Behausungen einfach abgehauen wurden. Es war ihre Heimat und für sie ein idealer Ort, um sich tagsüber zurückziehen zu können um Ruhe zu finden.

Besonders aggressiv waren sie, wenn sie Junge hatten, die sie im Schutze der Sträucher zur Welt brachten und versorgten. Es handelte sich um eine nicht gerade kleine, und zudem gut genährte Rotte kräftiger Wildschweine.

In voller Kampfkraft stürmten sie plötzlich hervor und schmissen sich förmlich mit ihrer ganzen Körpermasse auf die Soldaten.

So etwas hatten diese bis jetzt noch nicht erlebt. Gegen Menschen konnten sie ja kämpfen, aber Wildschweine, die aggressiv zwischen ihnen und über sie hinweg rannten und alles niederrissen, war neu für sie. Wie stabile Kampfwagen fuhren diese Biester zwischen sie, warfen sie von den Beinen und hieben ihnen mit ihren seitlichen Hauern, tiefe Wunden ins Fleisch.

Da war nichts mehr mit Kämpfen, da ging es nur noch darum, so schnell und so heil wie möglich aus dem Kampfgeschehen herauszukommen und das Weite zu suchen.

Wieder waren etliche der Leute des jungen Königs verletzt und nicht mehr fähig, das geheimnisvolle Schloss zu erobern. Nur eine Handvoll Getreuer blieb ihm, mit denen wollte er noch einmal versuchen, in das Schloss zu gelangen.

Sie machten Pläne, wie sie unverletzt eindringen konnten. Sie erkannten aber, dass sie auf jeden Fall durch diese dichte Dornenhecke mussten. Sie wollten vorsichtig sein, langsam machen und aufpassen, dass ihnen nicht wieder solch ein Verhängnis widerfahren würde.

Sie kamen anfangs auch gut voran und näherten sich dem Schloss. Ein Gefühl des Erfolgs machte sich breit, sie könnten es schaffen, wäre da nur nicht der dichtverwachsene Schlossgraben gewesen. Diesen erkannten sie leider zu spät und fielen in die Sträucher hinein. Das war sehr schlecht. Die dichtgewachsenen Dornenranken klammerten sich an ihnen fest und ohne stabilen Boden unter ihren Füßen, hingen sie förmlich in der Luft.

Hier wieder frei zu kommen war sehr schwer. Aber sie schafften es, nicht mehr am gleichen Tage, denn der Befreiungskampf dauerte lange und raubte ihnen ihre letzten Kräfte.

Als sie wieder auf festen Boden standen, wollten sie nur noch nach Hause. Der junge König aber schwor, dass er eines Tages wiederkommen werde. Er glühte förmlich vor Zorn und er war entschlossen sich zu rächen. Diese Niederlage wollte er nicht so ohne weiteres hinnehmen.

Na ja, große Worte sind schnell gemacht.

Die wirklichen Schlossherren
Dieser junge König war nicht der letzte Eroberer, nach ihm kamen noch andere, jeder mit seinen eigenen Vorstellungen und seiner eigenen Zielsetzung.

Selbst eine Mutter kam eines Tages und wollte ihren Sohn hier unter die Haube bringen, also verheiraten. Sie glaubte, dieses Schloss sei wie ein reifer Apfel, den man nur zu pflücken brauche. Sie hatte ihrem Sohn alles mögliche erzählt, um in für die Prinzessin zu interessieren. Aber dieser war von Natur aus träge und brauchte nicht noch eine Frau, die ihn herumkommandierte. Seine Mutter reichte ihm da schon vollkommen. Natürlich ging es ihr nur darum zu herrschen und das in Wohlstand.

Als sie dann aber relativ schnell merkte, welche eine gewaltige Herausforderung beide zu bewältigen hatten und in welche Gefahren sie sich dabei begeben würden, zog sie schleunigst wieder ab, froh darüber, dass sie ihren Sohn, ohne großen Schaden, aus dem gefährlichen Dornengebüsch heraushalten konnte. Der allerdings dankte insgeheim der dichten Dornenhecke.

Die wirklichen Herren des Schlosses, zumindest außerhalb der Mauer, waren ein Rudel Wölfe, die besagte Rotte Wildsauen und ein starker Bär, der sich zumindest im Winter, in einer Höhle, am Berghang unter dem Schloss, zu seinem Winterschlaf zusammenrollte. Auch einige Bienenschwärme hatten sich rund um das Schloss in der Dornenhecke eine Heimat gesucht. Schließlich gaben die Heckenrosen auch einen guten Honig ab. Vor allem aber, da hier um das Schloss alles wachsen konnte, wie es wollte, gab es eine große Fülle aller Arten von Pflanzen mit herrlichen Blüten. Zusammen boten die verwachsene Dornenhecke und die tierischen Bewohner, eine gewaltige Widerstandskraft auf. Niemand würde so schnell an ihnen vorbei kommen. Dass dies auch so blieb, zumindest vorerst, dafür sorgte die zwölfte Magierin, die ab und zu nach dem Rechten sah und so war es noch heute.

Ausführlich hatte mein Dienstherr mir die ganze Geschichte erzählt, soweit er sie kannte. Während seinem Erzählen, leerte er natürlich mehrere Becher Wein. Ich half ihm selbstverständlich dabei, war aber bei weitem nicht so schnell, wie er. Ich wollte ja auch nicht betrunken werden. Etliche Male musste ich in den dunklen Weinkeller hinunter, um neuen Wein zu holen.

Ob das nun alles genau so stimmte, wie er es erzählte, weiß ich nicht. Ich denke mal, dass er, wie es eben so ist beim Erzählen, die Geschichte ein wenig geschönt hatte.

„Dann schläft dieses Dornröschen also noch immer?", wollte ich wissen.

„Soweit ich weiß, ja. Aber wenn du genaueres wissen willst, dann solltest du mal in den Dorfkrug gehen. Da findest du bestimmt jemanden, der genau weiß, was gerade lost ist."

Ich war inzwischen so sehr fasziniert von dieser Geschichte, dass ich unbedingt die neuesten und aktuellsten Informationen haben wollte. Daher ging ich in den folgenden Tagen ab und zu in den Dorfkrug. Dieser war eine kleine örtliche Wirtschaft. Hier traf man sich, um die neuesten Nachrichten und Geschichten auszutauschen.

Schließlich wollte ja jeder wissen, was in der Welt, die man kannte, los war. Aber es gab nichts wirklich Neues. Nur, dass mal wieder ein Prinz versucht hatte dieses Dornröschen zu befreien. Wie aber all die anderen, war auch er kläglich gescheitert. Man hatte es ja eigentlich schon vorher gewusst. Aber es sollte doch ein jeder seine eigene Erfahrung machen.

Die Minesänger

Wenn da nicht bald einer kommt und sie aufweckt, dann wird sie wohl, entweder irgendwann von alleine aufwachen, oder bis in alle Ewigkeit weiterschlafen, dachte ich bei mir.

Ein tapferer, edler Prinz sollte es sein, sagt die Legende. Solch einen muss es doch geben. Vielleicht aber, ist diese Geschichte noch nicht bis zu jenen durchgedrungen. Obwohl die Minnesänger sich mühten diese Sage, mit ihren Liedern überall hinzutragen.

Aber ehrlicherweise sollte man sich eingestehen, dass nicht alle Menschen, an solche Geschichten glauben. Sie werden ein Bestandteil der Alltagskultur, dem man gerne lauscht, ihn aber als eine unwirkliche Sache betrachtet. Wie schon erwähnt, hatte mich diese Geschichte so sehr beeindruckt, dass mir die Frage kam, ob ich nicht selber da etwas tun könne.

Ich dachte nach. Mein Wunsch war es doch, mir die Welt anschauen zu wollen. Also, nicht die ganze große Welt, sondern nur den Teil, den ich mit meinen eigenen Füßen erkunden konnte. Und dort, wo ich eine Arbeit finden konnte, wollte ich eine Weile bleiben, bis es mich weiterzog. Was wäre, wenn ich nun weiterwandere, um nach dem richtigen Prinzen zu suchen. Vielleicht hatte dieser noch gar nicht gehört, dass eine Prinzessin auf ihn wartet.

Mir war auch bewusst, wenn ich nach einem geeigneten Kandidaten suchen würde, gäbe es garantiert irgendwelche Probleme, denn dann würde ich mich in das Geschäft der beiden Magierinnen einmischen. Das könnte sehr ungesund für mich werden. Wenn ich aber behutsam handeln würde, merken die zwei vielleicht nichts. Ich brauchte ja nicht unbedingt herumschreien, dass ich nach dem richtigen Prinzen suche, das taten ja schon die Minnesänger. So könnte es gehen, still und leise suchen und handeln.

Bei der nächsten Gelegenheit schnürte ich mein Bündel und verabschiedete mich. Eine Weile hatte ich noch warten müssen, denn ich konnte ja nicht mitten in der Erntezeit verschwinden, wenn jede Hand gebraucht wurde. Danach aber zog ich los, in ein angrenzendes Königreich und darüber hinaus in das nächste.

Ich traf auf zwei Minnesänger, die zusammenreisten. Sie hatten nichts dagegen, wenn ich mit ihnen kam. Natürlich sprachen wir über diese schlafende Prinzessin und das verwachsene, verwunschene Schloss, schließlich war es ja eine aufregende Geschichte. Man konnte sich viel Gedanken darüber machen, wie dieses Schicksal zustande kam. Wer konnte so böswillig sein und ein kleines Mädchen um ihr Leben bringen wollen. Oder steckte da vielleicht eine ganz andere Sache dahinter?

Das Ziel der beiden, war ein, alljährlich stattfindender Sängerwettbewerb. Da müsse ich unbedingt mal dabei gewesen sein. Es wäre wirklich ein echtes Erlebnis meinten sie. Also blieb ich vorerst bei ihnen.

Irgendwann erreichten wir ein großes, flaches Gelände, neben einer Ortschaft inmitten einer bergigen Umgebung. Viele Zelte waren hier schon aufgeschlagen, bunte Tücher hingen herum, an denen sich der Wind austobte. Ein vielstimmiges Palaver überdeckte den ganzen Platz. Vereinzelt war der Klang von Musikinstrumenten zu hören.

Die Leute umarmten sich voller Freude und mit viel lautem Begrüßungsgeschrei. Einige hatten sich jahrelang nicht mehr gesehen und waren glücklich darüber, dass sie sich lebend wiedertrafen.

Aus fernen Landen kamen die Leute hierher. Ich hörte Sprachen, die ich nicht kannte, und auch noch nie gehört hatte. Da waren Leute aus südlichen Landen, mit viel Sonne im Herzen und vielen Worten auf ihren Lippen. Auch Menschen, die auf Inseln, weit draußen auf dem Meer, lebten, die nur Stille und Einsamkeit kannten. Diese redeten nicht viel. Verschiedene Leute kamen aus dem Gebirge, wo es schroffe Felswände und ewiges Eis gab. Und es kamen Leute von irgendwo her, deren Gegend mir absolut unbekannt war.

Da gab es große blondhaarige Menschen und kleinere schwarzhaarige mit etwas dunklerer Haut. Sogar ein paar rothaarige waren dabei. Die Erde hat so viele Gesichter, und hier kann man ihnen begegnen. Hier kannst du etwas über ihr Leben, ihr Glück und Leiden erfahren, in ihren Liedern und ihren Erzählungen.

Ich hörte Klänge von Seiteninstrumenten, von Zupfinstrumenten und auch einige Schlagzeuge mischten sich darunter. Es wurde auch gesungen, irgendwelche Lieder die ich nicht kannte. Man musste schon genau hinhören um die Texte zu verstehen.

Die meisten Texte verstand ich sowieso nicht, weil mir die Sprache fremd war. Aber die Wortmelodie und der Fluss der Reime gaben mir doch einen Eindruck von der Schönheit und Sinn des Inhalts.

Eine neue beunruhigende Liedstrophe

Ein paar Tage wollte ich bleiben und überlegen wohin ich als nächstes gehen sollte. Daher war es geschickt, dass hier viele Leute zusammenkamen. Ich schaute mir alles an und redete mit den Leuten. Da hörte ich einen Sänger, welcher das Lied von der schlafenden Prinzessin zum Besten gab. Eigentlich war es mir bekannt, trotzdem hörte ich zu. Den Abschluss des Lied-

textes kannte ich noch nicht, der war neu. Er lautete ungefähr so:
Nur wenige Jahre, sind es noch an Zeit.
Wenn alsbald kein Prinz sie freit,
Schlafen wird sie dann für immer.
Erwachen aber, wird sie nimmer.

Was war das, nur noch ein paar wenige Jahre. Gleich fragte ich den Sänger, wie er denn auf diesen Text käme. Diese Drohung, meinte er, stamme von der Magierin, die einst nicht eingeladen wurde. Sie will ihren alten Zauberspruch sich unbedingt erfüllen lassen, weil sie sehr verärgert darüber gewesen sei, dass eine andere ihre Zauberformel verändert hatte.

Nun veränderte sie deren Formel, indem sie die Zeit begrenzte. Dies ließ sie erst neulich verkünden.

„Das bedeutete, wenn sich bis in ungefähr drei Jahren kein mutiger Prinz findet, wird sie nicht mehr zu retten sein?", stellte ich fest.

„Da hast du aber schlechte Chancen", sagte einer von den beiden Sängern, mit denen ich hergekommen war.

„Wie meinst du das?", fragte jener, der die neue Strophe gesungen hatte, neugierig.

„Unser Freund hier", er zeigte auf mich, „ist auf der Suche nach dem richtigen Prinzen.

„Ha - da kann er aber lange suchen. Viel Spaß, wie will er wissen, wo er den richtigen finden soll?", warf ein dritter ein.

„Ganz einfach", sagte so ein Schlauberger, der sich noch zu uns gestellt hatte, „er muss hoch in den Norden zu den Nornen reisen und die fragen, wo er den richtigen finden kann."

„Nornen? Was ist das?", wollte ich wissen.

„Die drei Nornen, das sind weise Frauen oder auch Schicksalsgöttinnen, welche die Schicksalsfäden der Menschen zusammenknüpfen. Sie wohnen hoch oben im Norden, dort wo im Sommer die Sonne nie untergeht und im Winter nie aufgeht."

„Solch ein Land gibt es doch gar nicht", erwiderte ich. „Wo die Sonne nie untergeht. Es weiß doch jeder, dass die Sonne immer untergeht."

„Doch, dieses Land gibt es! Das kannst du ruhig glauben", sagte ein weiterer sehr überzeugt.

„Und die wissen, wo der richtige Prinz lebt?", fragte ich ungläubig.

„Klar doch, die kennen alle Schicksale, auch deines."

„Und wie kommt man dahin?", fragte ich weiter.

Eine dabeistehende Frau erklärte es mir: „Am besten du versuchst mit einem Schiff nach Norden zu fahren. Wenn du von hier aus zwei Tage Richtung Westen gehst, kommst du an einen großen Fluss, einen breiten Strom, der nordwärts fließt. Vielleicht findest du dort ein Schiff, auf welchem du mitfahren kannst. Am Ende des Stroms soll ein großes Meer sein. Aber auch dort gibt es Schiffe. So könntest du zu diesen Nornen gelangen."

Diesen Gedanken fand ich nicht schlecht. Am folgenden Tag zog ich los, westwärts.

Von meinen neuen Freunden verabschiedete ich mich, bevor ich ging. Sie wünschten mir Segen und

Glück für meine Suche. Dann war ich wieder allein unterwegs.

Nordwärts
Nach zwei Tagen erreichte ich diesen Fluss, er war gewaltig. Die kleinen Bächlein, die ich bis dahin kannte, waren nichts dagegen. Einzelne große Schiffe fuhren ziemlich in der Mitte dieses Stroms. Ich wanderte an seinem Ufer entlang Richtung Norden. Irgendwann kam ich in eine Stadt. Dort fand ich einen Hafen, in dem ein paar Schiffe lagen.

Höflich fragte ich nach einer Mitfahrgelegenheit. Wenn ich mich nützlich machen könne, wäre dies schon möglich, meinte einer der Schiffsbesitzer. Am folgenden Tag waren wir schon unterwegs. Ich hatte geholfen Ladung aufzunehmen, und so durfte ich mitfahren in die Richtung, in die ich wollte.

Geld bekam ich zwar keines, aber ich durfte an den Malzeiten teilnehmen, bekam zu trinken und hatte eine Unterkunft.

Tagelang waren wir unterwegs. Zu beiden Seiten des Stroms gab es Hügel und Berge zu sehen. Einzelne Städte lagen am Ufer und hoch oben auf manchen Bergen, waren Burgen errichtet. Es war für mich wundervoll, auf Reisen zu sein, ohne laufen zu müssen. Vom Schiff aus, hatte ich die beste Aussicht und ich kam weiter herum, als ich anfangs dachte. Das Schiff glitt ruhig und, wie ich empfand, majestätisch über die sanften Wellen des Stromes. Gegen Abend suchten wir meist irgendwo am Ufer einen geeigneten Ankerplatz. Nur in hellen Vollmondnächten konnte man es wagen, auf dem Wasser unterwegs zu sein.

Es war faszinierend, wenn man am Ufer, die vielen Lichter in den Häusern der Städte sehen konnte.

In den folgenden Tagen wurde der Strom immer breiter und das Land immer flacher. Irgendwann erreichten wir eine wirklich große Stadt, hier sei Endstation, meinte der Kapitän.

Ich half noch, aus Dank, beim Ausladen der Ladung. Er wünschte mir gute Reise und gab mir noch ein paar Silberlinge zum Abschied. Ich solle mal zum Hafenamt gehen, dort könnte ich sicher erfahren, welches Schiff in die Richtung fährt, in die ich wolle. Dies war zwar eine gute Idee, doch die Sprache der Leute war mir fremd, aber mit Handzeichen konnte ich verdeutlichen, wo ich hin wollte.

An der Wand hing eine große Karte. Auf ihr konnte ich zum ersten Male das ganze Land, die Flüsse und Meere sehen. Ich fragte, ob das Land in dem im Sommer die Sonne nie unter geht auch drauf sei. Es dauerte eine Weile, bis man mich verstand, dann aber zeigte man mir das Land. Es lag am oberen Rand der Karte. Es kam jemand dazu, der mich besser als die anderen verstand und fragte genauer nach. Ihm erklärte ich mein Vorhaben. Er meinte, wenn ich dahin wolle, solle ich besser bis zum nächsten Frühjahr warten, wenn die Tage wieder länger werden. Die Reise sei lang und gefährlich und nicht ratsam sie im Winter zu machen. Ich solle mir bis dahin lieber eine Anstellung suchen und warten.

Er fragte mich, in was ich mich auskenne. In Tieren, Pflanzen und Kräutern antwortete ich, schließlich war ich ja auf dem Lande groß geworden. Er überlegte kurz, dann gab er mir eine Adresse. Ich solle dort mal nachfragen. Eine Wegangabe half mir die Adresse zu finden.

Wo ich herkomme und in was ich mich auskenne, wollte man wissen. Auch hier fand sich jemand, der meine Sprache ein wenig verstand. So war es kein Problem sich zu verstehen. Wie ich später herausfand, war diese Stadt so etwas, wie ein Sammelort für Leute die von irgendwo herkamen. Das war auch der Grund, warum sie verschiedene Sprachen sprechen konnten.

Man hätte eine Aufgabe für mich, wenn ich das tun wolle, dann könne ich bis zum Frühjahr hier bleiben. Ich schlug ein und so konnte ich hier überwintern.

Das Frühjahr kam, und die Tage wurden wieder länger. Nun war es Zeit nach einem Schiff zu suchen, welches mich über das Meer zu jenem Land, hoch oben im Norden, bringen würde. Die Leute im Hafenamt halfen mir eines zu finden.

Es gelang mir auf dem Schiff, für die Fahrt zu diesem Nordland, anzuheuern. Man sagte mir aber gleich, dass es seine Zeit dauert, bis dieses Land erreicht sei. Es sind verschiedene Häfen anzufahren, Waren abzuliefern und neue Ladung aufzunehmen.

Zuerst müsse man aber das Nordmeer überqueren, man hoffe, dass ich seefest sei. Natürlich war ich seefest, glaubte ich zumindest, schließlich war ich ja auf einem Schiff hergekommen. Aber da wusste ich noch nicht, was es heißt, auf dem Nordmeer zu sein.

Auf dem Nordmeer
An einem der folgenden Tage ging es früh morgens los. Erst die Leinen lösen und dann raus aus dem Ha-

fen. Geruhsam ging es dann der Flussmündung entgegen.

Der Fluss spülte uns sozusagen hinaus auf das weite Meer. Gegen Abend waren wir dann draußen. Positionslichter wurden angebracht und Wachen eingeteilt. Hier, in der Nähe des Landes, war immer noch reger Schiffsverkehr. Aber wenn man die Regeln beachtete und die Augen offen hielt, konnte eigentlich nichts schlimmes passieren.

Gegen Morgen war die Sicht eingetrübt und es war frisch geworden, aber die See war noch ruhig. Das änderte sich aber gegen Nachmittag. Da wuchsen die kleinen Wellen zu Bergen heran, hoben unser Schiff hoch, drückten es von links nach rechts, bevor sie es wieder fallen ließen. Jetzt begriff ich erst, was es hieß „seefest zu sein". Mein Magen war es nicht, das merkte ich gleich, und aufrecht stehen zu bleiben, ging nur, wenn man sich irgendwo gut festhielt.

Am folgenden Tag war wieder alles vorbei.

„Na, war wohl nix, mit seefest?", spottete der Kapitän, „aber beim nächsten Mal wird es schon besser."

Es dauerte einige Tage, dann kam der erste Hafen. Hier musste Ladung abgeliefert, und neue aufgenommen werden. Das war harte Arbeit. Danach ging es weiter. Wir fuhren jetzt in Sichtweite der Küste. Es war ein faszinierendes Panorama. Man sah hohe Berge, auf manchem lag sogar noch Schnee, dann tiefe Einschnitte in diese Bergwelt, in manchen fuhren wir auch hinein. Da war tiefes, blaues Wasser unter uns und gewaltige Steilküsten neben uns. Manchmal blieb mir vor staunen fast der Atem weg. Ein paar Möwen kreisten ständig über unserem Schiff, seitdem der

Koch mal Essensabfälle über Bord geworfen hatte. So ging es viele Tage lang, von einem Hafen zum nächsten. Ladung abliefern und neue aufnehmen. Aber wir kamen meinem Ziel immer näher.

Ich kam auf die Idee, während der Aufenthalte an Land zu gehen und dort mal zu fragen ob man hier die Nornen kenne und wisse, wo die wohnen, aber man verwies mich, wenn man mich verstand, immer nur weiter nach Norden.

Irgendwann sagte der Kapitän, dass hier Endstation sei und er jetzt wieder zurückfahren müsse. Ich solle mir überlegen, was ich wolle, hier bleiben oder wieder mitkommen. In einem halben Jahr wäre er wieder hier, wenn ich bliebe, könnte ich dann wieder mit zurückfahren.

Mein Ziel müsse ich nun von hier aus erreichen, dachte ich. Daher entschied ich mich erst einmal für das Bleiben. Von hier aus würde ich also weitersuchen.

Die Sonne ging an diesen Tagen fast nicht mehr unter. Nur noch eine ganz kurze Zeit war sie hinter dem Horizont verschwunden, dann war es dunkel, aber nicht lange. Das war mir neu. Ich liebte ja die langen hellen Sommerabende, aber dies hier brachte mein ganzes Inneres durcheinander. Schlafen war mir kaum noch möglich.

Nun stand ich also hier, mitten in der Stadt, die wir als letztes angelaufen hatten. Ich begann Leute zu fragen, ob sie die Nornen kannten und wenn ja, wo diese zu finden wären.

Das war nicht so einfach aufgrund der fremden Sprache. Irgendjemanden gab es aber immer, der zumindest ein wenig meine Sprache verstand.

Ich solle mitkommen, deutete mir ein Junge an. Er zog mich am Ärmel in seine Richtung. Nach einem kurzen Fußmarsch, kamen wir am Rande der Stadt, bei einem Haus an. Ein Holzhaus, in einem Baustiel, wie er hier üblich war. Ich wurde hereingebeten und sollte mich erst einmal setzen.

Ein Becher frisches Wasser wurde mir angeboten, welches hervorragend schmeckte. Das Wasser auf dem Schiff dagegen, schmeckte immer irgendwie nach Salz und Meer. War auch nicht schlecht, aber das hier war was besonderes. Es war kristallklar und schmeckte irgendwie belebend, so wie das Land hier. Nach einer Weile kam eine Dame, die meine Sprache ganz gut verstand. Ihr erklärte ich woher ich kam und was ich hier wolle.

„Zu den Nornen willst du", meinte sie nachdenklich, „die wohnen weit entfernt von hier. Da musst du hinauf auf das Hochland und dann noch ein paar Tage nach Osten marschieren."

Sie machte mir einen Wegeplan, mit ein paar markanten Orten, an denen ich vorbeikommen würde. Auf meinem Rückweg solle ich sie unbedingt hier wieder besuchen und berichten.

Die drei Nornen

Am folgenden Tag zog ich los. Auf ein paar Tage mehr kam es mir nicht an, Hauptsache ich bekam die Information, wo ich diesen Prinzen finden konnte, ohne lange suchen zu müssen.

Der Aufstieg war etwas schwierig. Da aber hin und wieder jemand auf das Hochland wollte, gab es einen Pfad nach oben. Dieser war sehr schmal. Vorsicht war geboten um nicht abzurutschen. Neben dem Pfad fiel eine schroffe Steilwand sehr tief nach unten ab.

Oben angekommen, ging es dann leichter und schneller voran. Zwei Tage war ich unterwegs, ohne irgendeinen Menschen zu sehen. Das Wetter war kühl und recht windig. Am dritten Tag allerdings, traf ich gegen Nachmittag ein altes Mütterchen. Sie wollte wissen, wohin ich denn wolle.

„Oh, Nornen", wiederholte sie. Dann sagte sie so etwas wie mitkommen, fasste sie mich am Ärmel und zog mich mit sich. Scheinbar wollte sie mir den Weg zu den Nornen oder zumindest die Richtung zu ihnen zeigen.

Es ging gegen Abend zu, obwohl es noch so hell war, wie am Nachmittag, als wir bei einem alten Bauernhaus ankamen. Ich sah ein tief hängendes, dickes Strohdach und kleine Fenster.

Das zeigte mir, dass es hier auch harte, stürmische Wintertage geben musste. Das Mütterchen öffnete die Tür und schob mich in einen hellen Raum hinein. Sie rief etwas und gleich darauf kamen zwei weitere Mütterchen herbeigeeilt. Jetzt begann ein heiteres Freudengeschrei, welches sich als eine Art Begrüßung herausstellte. Ich verstand natürlich kein Wort.

Dann schauten sie mich prüfend an, als ob ich der Fang des Jahres war.

„Er ist also wirklich gekommen", stellte die eine in meiner Sprache fest.

Ich war erstaunt, die kannten meine Sprache und hatten mich sogar erwartet.

„Ich sagte doch, er ist der richtige, er wird kommen", meinte darauf die andere.

„Wie?", fragte ich erstaunt zurück, „ihr wusstet, dass ich komme? Seid ihr etwa die drei Nornen?"

„Natürlich und wir hofften sehr, dass du kommst. Menschen haben ihren eigenen Kopf und machen gerne, was sie wollen.

Wir haben zwar deine Schicksalslinie so gelegt, dass sie dich hierher führt, aber so etwas geht nur, wenn derjenige dafür bereit ist. Andernfalls wird die Linie zurückspringen und sich neu ordnen. Du hattest immer die freie Entscheidung zu tun, was du willst. Auf die Weisungen des Schicksals hören leider immer weniger und sie wundern sich dann, wenn es ihnen schlecht geht. Aber du bist gekommen, das ist gut."

Ich staunte, mein „freier Wille" hierher zu kommen war also geplant. Da hatte ich ja noch was zu lernen.

Drei fröhliche, kleine Mütterchen hüpften und tanzten voller Freude um mich herum.

Sie sangen einzelne Liedstrophen und schwatzten durcheinander, während ich dastand und nicht recht wusste, was geschah. Das also schienen wirklich die drei Nornen zu sein, welche die Schicksalsfäden der Menschen auf mysteriöse Weise verflechten.

„Lasst uns etwas essen und trinken, unser Gast wird sicher hungrig und durstig sein. Er hat einen langen Weg hinter sich", sagte eine von ihnen und führte mich in einen anderen Raum. Dort sollte ich mich an einen Tisch setzen. Dann begannen sie, flink wie Wiesel, Essen und Trinken heranzuschaffen, wobei sie ständig durcheinander schwatzten und es fertig brachten, sich nicht gegenseitig umzurennen. Ich verstand kein Wort ihrer nordischen Sprache. Ein paar Wörter kamen mir zwar bekannt vor, aber ich wusste nicht, ob sie auch das gleiche bedeuteten.

Schicksalsfäden

Nach dem Essen begannen sie mir zu erklären, wie sie ihre Arbeit machten.

Diese Schicksalsfäden, so sagten sie, seien keine Fäden aus irgendeinem stofflichen Material. Es handle sich um Fäden aus reinem Lebenslicht. In manchen dunklen Nächten kann man sie hier, in diesen Gegenden, sogar am Himmel sehen. Es sind gewaltige große Lichtvorhänge, die vom Himmel herabkommen. Sie wurden aus unendlich vielen leuchtenden Fäden geflochten. Man nennt sie auch Nordlichter, aber in Wirklichkeit handelt es sich um die vielen Schicksalsfäden der Menschen.

Daran hätten sie zu arbeiten, sagten sie mir, indem sie versuchten, die Disharmonien darin aufzulösen. Um diese Arbeit tun zu können, müssten sie allerdings ihre stofflichen Körper verlassen, um wie Engelswesen an diesem Schicksalsgeflecht zu arbeiten. Die Arbeit ist oftmals sehr schwierig und manchmal schafften sie es auch nicht, die Dinge zu richten. Je mehr Menschen spontan und unüberlegt handelten, je mehr sie Moral missachteten, ihren Mitmenschen und Gott verspotteten, desto mehr gerieten diese schicksalhaften Gefüge durcheinander und seien fast nicht mehr zu heilen. Die Menschen ließen sich leider immer mehr von Äußerlichkeiten blenden und von Gefühlen verführen. Dann handeln sie schnell und unbedacht. Leider achten sie dabei auch nicht mehr auf ihre eigenen Schicksalslinien. Sie haben sogar verlernt, diese zu erkennen.

Schnell zerbrechen dann Beziehungen wieder, von denen sie glaubten, dass sie lange halten würden. Wir tun zwar was wir können, aber wenn die Menschen nicht lernen achtsam zu sein, werden ihre Probleme anwachsen.

Der Abend schritt voran, und sie boten mir eine kleine Kammer an, in der ich schlafen konnte, solange ich hier war. Am folgenden Tag sprachen wir darüber, wer der richtige Prinz, für die Rettung der schlafenden Prinzessin sei und wo er zu suchen und zu finden war.

Ich müsse wissen, erklärten sie mir, dass die Magierin, die diese Sache angerichtet hatte, unbedingt ihren Willen durchsetzten wolle und daher gegen den Zauber ihrer Gegenspielerin ankämpfe. Darum hat es bis jetzt noch keiner geschafft, die Prinzessin aus ihrem Schlaf zu befreien. Die Magierin verstärke ihre Kraft und in wenigen Monaten wird die Prinzessin nicht mehr erwachen können. Es sei denn, ein Prinz schaffe es noch rechtzeitig zu kommen, um sie zu erwecken.

Es gäbe da einen, meinten die Nornen. Seinen Schicksalsfaden können wir noch umlenken und mit dem der Prinzessin verbinden.

Ihn wird die Magierin nicht aufhalten können, aber sie wird versuchen, dich aufzuhalten, sobald sie erkennt, was du vorhast. Doch es geht, wenn du unauffällig bleibst. Gehe nie geradewegs auf dein Ziel zu, lass es immer wie zufällig geschehen und bleibe wachsam. Sie kann immer da sein, auch wenn du sie nicht siehst.

„Aber warum handelt diese Magierin so böse?", wollte ich wissen.

„Nun, solche Leute leben auf einer anderen Zeitschiene und in einer anderen Lebensebene", erklärten die drei mir. „Das Ärgernis der Magierin liegt lange zurück und ist für einen normalen Menschen so gut wie nicht zu verstehen. Es ist wie mit Menschen und Regenwürmern im Garten. Beide befinden sich im gleichen Gebiet, aber der Regenwurm wird nie verstehen, warum der Mensch dieses oder jenes Loch gräbt und dabei ausversehens, den einen oder anderen Wurm tötet. Ist der Mensch deshalb böse?"

Das machte mich doch sehr nachdenklich. Sind diese wirkenden, unsichtbaren und schicksalhaften Kräfte um uns herum, nun böse oder gut? Oder sind sie einfach nur da, und wir Menschen sollten lediglich lernen, auf sie zu achten und rechtzeitig ausweichen?

Die drei Damen erklärten mir in groben Zügen die Sachlage, aber um genauere Details zu bekommen, sollte ich besser noch ein paar Tage hier bleiben.

Sie nutzten die spärliche Zeit der Dunkelheit nachts. Während ich schlief, widmeten sie sich dem Schicksalsverlauf. Danach konnten sie mir wertvolle Hinweise für meine Rückreise geben und dann auch exakte Anweisungen, wo ich hin musste, wann ich da sein sollte und wen ich zu finden hatte. Die Zeit war dabei ein wichtiger Faktor.

„Hör zu", sagte eine der dreien, „es werden bald in einem dieser Königreiche Wettkämpfe abgehalten. Dort werden tapfere Ritter gegeneinander antreten. In diesem Reich herrscht ein König, mit zwei gleichaltrigen Söhnen. Doch nur einer der Söhne kann das Reich übernehmen, der andere muss gehen. Ein Wettkampf zwischen beiden Brüdern wird entscheiden, wer das Reich des Vaters bekommt. Es wird der letzte Kampf sein, der dort, in diesem Tournier, abgehalten wird.

Vor diesem letzten Kampf solltest du unbedingt da sein. Der Verlierer wird sich als ein Ritter bei einem anderen König verdingen wollen. Diesen Prinzen hast du zu dem schlafenden Schloss zu bringen. Er soll die Prinzessin aus ihrem Schlaf befreien. Er ist fähig dies zu tun und er ist der einzige der dies auch kann. Achte auf ihn und pass auf, ob diese verbitterte Magierin, euch irgendwelche Steine in den Weg gelegt hat! Sei also wachsam!"

Das Königreich in welches ich musste, lag südlich von jenem, aus dem ich stammte, hinter einer großen Hügelkette. Zwei weitere Reiche lagen noch dazwischen. Nach ein paar Tagen verließ ich die drei Nornen wieder. Es war eine wundervolle Zeit. Bevor ich ging, konnte ich noch sehen, wie die Sonne ihre Bahn vollzog, ohne unterzugehen. Das war sehr eindrucksvoll und unvergesslich. Nach einem herzlichen Abschied machte ich mich wieder auf den Rückweg.

Rückreise
Eine der Damen begleitete mich noch ein Stück des Weges, bis ich die Gegend und den Pfad, auf dem ich herkam, wiedererkannte.

Ich erreichte erneut die Stadt, von der aus ich aufgebrochen war und kehrte wieder bei den Leuten ein, die mich damals aufgenommen hatten. Sie freuten sich sehr, dass ich gesund zurück kam und an sie dachte. Ich bekam erneut Unterkunft und etwas zu essen.

Dafür berichtete ich natürlich ausführlich, was ich bei den Nornen so erlebt hatte.

Das nächste Schiff, welches ich für die Rückfahrt bekommen konnte, nahm ich. Es war ein anderes, ich wollte nicht bis zum Herbst auf jenes warten, mit dem ich herkam. Dann ging es für mich zurück über das Meer in Richtung Heimat. Natürlich musste auch diesmal für die Fahrt gearbeitet werden. Immerhin bekam ich ja dafür auch etwas zu essen und konnte in einer Koje schlafen.

Es dauerte seine Zeit, bis alle Häfen angelaufen, Fracht abgeladen und neue aufgenommen war. Dieser Kapitän hatte sogar noch ein paar weitere Häfen auf seiner Liste. Danach ging es wieder ein weites Stück über das freie Meer. Diesmal war die See relativ ruhig, daher wurde ich nicht seekrank.

Ein paar Tage später erreichten wir den Hafen, von dem aus ich zu der Reise über das Meer nach Norden, gestartet war. Dort ging ich zum Hafenamt und fragte nach dem Handelsschiff, mit dem ich damals den Fluss entlang hierher kam. Man sagte mir, dass es Ende der Woche erwartet wird, ich solle dann wiederkommen.

In der Tat erreichte das Schiff Ende der Woche den Hafen. Der Kapitän erkannte mich gleich und meinte, dass es übermorgen zurück ginge und wenn ich wolle, könne ich wieder mitkommen.

Zurück ging es langsamer, weil wir gegen den Strom schwimmen mussten. Dafür brauchte man entweder guten, kräftigen Wind oder die Hilfe von Zugtieren am Ufer, die mit langen Seilen das Schiff hinter sich herzogen. Es war zwar nicht schneller als Laufen, aber nicht so anstrengend und da es stetig vorwärts ging, kamen wir auch voran.

Natürlich dauerte es seine Zeit. Dazu kamen noch die Ladezeiten, die man so kurz, wie möglich zu halten versuchte. Die Zugtiere, Pferde oder auch Ochsen, wurden nach gewissen Stecken ausgetauscht.

Am Abend, wenn wir am Hafen ankerten, musste ich, von den Erlebnissen meiner Nordreise, erzählen. Da war der hohe Wellengang mit dem gewaltigen, stürmischen Wind, den ich zu überstehen hatte, die vielen Häfen, in denen wir Ladung abladen und neue aufnehmen mussten, die freundlichen, hilfsbereiten Leute und vor allem die nichtuntergehende Sonne, von der ich sehr fasziniert war. Ich schmückte die Erzählungen noch schön aus, damit sie recht abenteuerlich klangen, was durchaus Wirkung hatte. Von den Nornen und ihre Arbeit erzählte ich nicht viel. Die Nornen machte ich zu ein paar freundlichen älteren Damen. Von meiner Mission erzählte ich überhaupt nichts. Das behielt ich besser für mich.

Wir kamen wieder an allen Häfen vorbei, die wir damals auch besucht hatten und ich half wie seinerzeit, beim Entladen und Beladen, kräftig mit. Das sparte viel Zeit und wir kamen schneller voran.

Ich stieg nicht an dem Hafen aus, an dem ich eingestiegen war, sondern fuhr noch ein Stück weiter mit, denn ich wollte ja zu einem Königreich, welches etwas südlicher lag.

Ich schaute mir meine Notizen an, die ich mir bei den Nornen gemacht hatte. Demnach lagen noch zwei Städte vor mir, dann musste ich zu Fuß weiter. Das würde sicher ein paar Tage dauern, aber wenn ich mich beeile, würde ich es schaffen und noch rechtzeitig diese Ritterturniere erreichen.

Ich hatte Glück, das Schiff legte auf der Seite des Flusses an, von der aus ich in das Landesinnere zu dem Turnier musste. Wäre dies nicht der Fall so hätte ich den Fluss überqueren müssen. Das wäre etwas aufwendig gewesen. Ich verabschiedete mich und zog los, hinein in das Innere des Landes.

Zu den Ritterturnieren
Von der Stadt aus, wurde die Umgebung mit Waren versorgt, daher gab es auf meinem Weg auch andere Reisende.

Schnell kam ich mit einigen von ihnen ins Gespräch. Ein Marketender mit seinem Wagen, der von einem grauen Esel gezogen wurde, war auch dabei. Wie ich erfuhr, wollte auch er zu diesen Ritterkämpfen. Dort konnte er seine Waren verkaufen und gute Geschäfte machen. Er war nicht das erstemal dabei und so erfuhr ich von ihm sehr viel darüber, wie es dort im allgemeinen zuging. Solche Tourniere zogen gewöhnlich viele Menschen an, meinte er.

Es sei für viele Leute ein Ort der Begegnung. Auch einige Minnesänger und andere Musiker, sowie Schauspieler, Akrobaten und Gaukler würden kommen. Aber im Mittelpunkt ständen die Wettkämpfe, in denen die angehenden Ritter ihr Können zeigten. Und da ging es oft sehr hart zu, da floss schon mal Blut und es brachen Knochen. „Manchmal wird sogar einer tot weggetragen", bekam ich zu hören.

Gewalt war nichts für mich, ich liebte den Frieden. Auch, wenn diese Leute nur ihr Können vorführen wollten, so fand ich es doch brutal. Warum überhaupt Kampf, wenn zwei nicht miteinander auskommen, dann sollen sie doch verschiedene Wege ziehen. Die Welt ist gewiss groß genug für alle, war meine Meinung. Nun ja, sei es wie es sei, ich musste dorthin, um meine Mission zu erfüllen. Am Abend fand man sich auf einem Rastplatz ein. Die Gemeinschaft bot einen gewissen Schutz gegen Überfälle, denn diese Route war leider auch Räubern bekannt.

Nach ein paar wenigen Tagen erreichten wir das Festlager. Man konnte wirklich sagen, wenn was los ist, dann ist auch was los. Unzählige Zelte verteilten sich über einen recht großen grobsandigen Platz mit einzelnen kleinen, niedergetrampelten, grünen Rasenstücken. Ich lief zwischen all den vielen Menschen und Zelten aufmerksam herum und schaute mir alles neugierig an.

Im Zentrum des großen Gebiets, befand sich der Turnierplatz für die Spiele, mit seinen Tribünen. Die erhöhten Plätze mit Überdachung waren für den König und der Königin vorbereitet. Einige der Zelte in der Nähe des Turnierplatzes trugen Wappen. Diese Zelte gehörten zu den Rittern, die an den Kämpfen teilnahmen. So, wie es aussah, wahr ich wohl noch rechtzeitig angekommen.

Die Wettkämpfe hatten zwar schon angefangen, aber dies war erst der Beginn. Im Augenblick herrschte Ruhe, es war Mittagspause. In kurzer Zeit aber, würden die Kämpfe weitergehen.

In der Tat, nach der Mittagsruhe ging es los. König und Königin hatten ihre Plätze eingenommen und die ersten Kontrahenten standen sich kampfbereit gegenüber. Schwertkampf war angesagt. Sie schlugen mit schweren Eisenschwertern aufeinander ein und versuchten sich, mit ihren noch schwereren Schilden, zu schützen.

Kampfgetümmel und Kampfgeschrei und vor allem das Geschrei der Zuschauer gaben dem Geschehen eine grobe Art von Stimmung, als sei man mitten in einen Krieg hinein geraten.

Kampfrichter achteten darauf, dass die Wesenszüge der Ritterlichkeit wie zum Beispiel Ehrenhaftigkeit und Anstand, beachtet wurden. Empfindlich durfte man bei solchen Auseinadersetzungen nicht sein, denn es ging wirklich rau zu.

Die Ehre stand hierbei im Vordergrund. Jeder Ritter vertrat seine Familie und seinen Namen. Wenn man schon nicht der Gewinner sein konnte, so wollte man doch zumindest ehrenhaft verlieren. Ich jedenfalls war froh, dass ich kein Ritter war und einen solchen Kampf ausfechten musste.

Der zweite Tag ging in ähnlicher Weise vorüber. Neben den Kämpfen und danach, ließen sich die Leute von den Schaustellern, Akrobaten und Gauklern unterhalten, oder hörten den Minnesängern und Musikanten zu. Sie schauten sich an, was die Marketender feilboten, kauften irgendeinen Kram, waren fröhlich und freuten sich.

So etwas gab es ja nur einmal im Jahr und man musste weit laufen um hierher zu kommen.

Dann kam der dritte Tag und auch die Entscheidung auf die ich wartete.

Die Entscheidung

Am dritten Tag ging es nun zum Schluss noch darum, den Sieger des Turniers zu finden.

In der zweiten Hälfte des Tages, standen sich noch die beiden Söhne des hiesigen Königs gegenüber.

Auf ihren Pferden sitzend und durch glänzende, metallische Rüstungen geschützt, warteten sie auf das Signal, um aufeinander zu zujagen. Lange Lanzen, mit denen sie sich aus den Sätteln stoßen wollten, hatten sie gegeneinander gerichtet. Ihre Pferde unter ihnen, tänzelten unruhig von einem Bein auf das andere. Sie waren kaum zu bändigen.

Dann kam das Signal. Die beiden Kämpfer gaben ihren Pferden die Sporen und diese schossen aufeinander zu.

Die Zeit schien stillzustehen, die Zuschauer hielten ihren Atem an, die Königin hatte ihre Augen geschlossen, sie wünschte beiden viel Glück, der König dagegen, als Landesoberhaupt verfolgte mit scharfem Blick das Geschehen.

Krachendes, zersplitterndes Holz ihrer Stoßwaffen, setzte dem Kampf ein Ende. Ein erschrecktes, lautes, langes, vielstimmiges, dumpfes „Ooou", ging durch die Zuschauerreihen. Einer der beiden Prinzen lag am Boden. Er war verletzt, wollte oder konnte nicht mehr aufstehen. Der Kampf war entschieden. Man trug ihn auf einer Bahre in sein Zelt.

Einige Menschen versammelten sich um sein Zelt, ich mischte mich darunter. Wie ich hörte, war ihm nichts wirklich Schlimmes passiert, seine Rippen und sein Kopf taten ihm weh und es war ihm schwindelig. Er braucht jetzt Ruhe, sagte der Arzt und schickte alle aus dem Zelt. Ich sah im Augenblick keine Möglichkeit und auch keinen Sinn darin, ihn anzusprechen. Er brauchte etwas Zeit. Ein paar Tage sollte ich besser warten. Wie ich hörte hatte er sich wohl zwei Rippen gebrochen. Später trug man ihn in das Königsschloss.

Währenddessen wurde der Sieger des Turniers, der Bruder, beglückwünscht und mit Ehrungen überhäuft. Er würde der Nachfolger des Königs werden, was aber aus seinem Bruder werden sollte, interessierte keinem.

Nach ein paar Tagen ging ich zum Schloss und versuchte diesen Prinzen zu sprechen. Ich hätte eine wichtige Nachricht für ihn, gab ich vor. Unwirsch wurde ich erst einmal abgewiesen, aber ich blieb hartnäckig, bis man mich endlich durchließ. Grund war, dass gerade ein Diener des Prinzen zugegen war, den die Wache ansprach und der mich gleich mitnahm. Welche Art Nachricht ich habe, wollte der Diener wissen. Ich erklärte ihm, dass es um die Zukunft des Prinzen ging, aber alles Weitere müsse ich dem Prinzen selbst sagen. Der Diener brachte mich in einem Raum und sagte ich solle hier warten. Es dauerte einige Zeit, aber dann tat sich die Türe auf und der Prinz kam herein. Man sah ihm noch seine Verletzung an, er humpelte auch etwas und seine Stimmung war nicht die beste. Ich stand auf.

„Ihr wolltet mich sprechen?", fragte er.

„Ja, Hoheit", antwortete ich, „ich habe eine lange Reise hinter mir, in der ich herausfinden konnte, dass Ihr die richtige Person seid."

„Richtige Person? Für was?", fragte er mich.

„Wie ihr vielleicht wisst, gibt es nicht allzu weit von hier, ein Königreich, welches durch die Zaubersprüche von Magierinnen, in einen langen Schlaf versetzt wurde. Hundert Jahre ungefähr, sollte dieser Schlaf dauern. Diese Zeit ist schon seit einigen Monaten vorbei und wenn nicht bald ein tapferer Prinz den Schlaf beendet, wird dieser Zustand nie mehr enden. Die Macht des Zaubers ist groß und nur jemand, der die ritterlichen Tugenden, von Tapferkeit und Aufrichtigkeit einzuhalten vermag, ist fähig diese Kraft zu durchbrechen."

„Dieses Königreich ist mir bekannt. Ein Bann ist darüber gelegt. Viele haben schon bei dem Versuch, in das Schloss zu gelangen, ihr Leben gelassen. Niemand kommt in das Schloss hinein!"

„Außer ihr, Hoheit!", betonte ich. „Ihr seid fähig, diesen Bann, wie ihr es nennt, zu durchbrechen."

„Was macht euch da so sicher?"

Ich begann ihm von meiner Reise zu den Nornen, und deren Weisheit zu berichten.

„Lasst mich darüber nachdenken und kommt morgen wieder", sagte er in Gedanken vertieft.

Ich erklärte ihm noch, dass die Zauberin immer noch wachsam ist und verhindern will, dass irgendjemand ihre Pläne durchkreuzt. Er solle bitte bedenken, mit wem er über diese Angelegenheit spricht, damit diese nicht ausversehens davon erfährt und Gegenmaßnahmen ergreift.

Das verwunschene Schloss
Am folgenden Tag war ich wieder da und erfuhr, dass er sich entschieden hatte, zu diesem Königreich auf-

zubrechen. Zumindest wollte er zuerst einmal die Sachlage um das Schloss erkunden. Einen Tag später zog er mit sechs getreuen Freunden und einem Proviantwagen los. Ich durfte auf diesem Wagen mitfahren. Auf holprigen Wegen, durch Wiesen und Wälder, durch brückenlose Flüsse und über steile Berghänge, zogen wir dem Ziel entgegen.

Manchmal war es ein arger Kampf, zu verhindern, dass der Wagen umkippte. Es war bewundernswert, welche Kraftanstrengung seine Leute erbrachten um dieses Gefährt zu schützen. Sie waren Ritter und kampferprobt, und setzten sich, mit fast übermenschlicher Kraft, für ihren Herrn ein.

Nach einigen Tagen war das Schloss erreicht. Oben auf dem Berg vor uns lag es, in seinem langen Schlaf. Von unten aus dem Tal gesehen, sah die Sache sehr bedrohlich aus. Die geschlossene Dornenhecke, die alles überwuchert hatte, machte den Eindruck eines riesigen Drachens, der dieses Schloss gerade verspeiste. Das Bild, welches sich uns bot, strahlte eindeutig Gefahr aus. Da mag sicher auch das Wissen um die Ursache mitspielen. Aber es waren ja tapfere Männer, die sich dem gegenüber stellten. Sie fürchteten keine Gefahr und waren sogar bereit, wenn es denn sein musste, ihr Leben für den Prinzen hinzugeben.

Vor uns lag der Aufstieg, wir benutzten den Hauptzugangsweg und nach einer Weile standen wir vor einer Front aus dichtverwachsenen Dornenranken, hinter denen irgendwo das Hauptportal sein musste.

Das dornige Gestrüpp war so dicht verwachsen, dass man nicht erkennen konnte, was wirklich dahinter lag. Macht nichts, wir werden uns durchkämpfen, sagte der Prinz.

Mit ihren scharfen, blitzenden Schwertern legten sie, todesmutig, wie sie waren, los. Sie erwarteten nicht, dass sie vor einem wirklichen Gegner standen, der ihnen durchaus nach dem Leben trachtete. Sie glaubten, wie schon einige vor ihnen, wenn sie nur kräftig zuschlagen und die Ranken durchtrennen, wird der Weg zum Schloss freiwerden. Doch plötzlich hörte man einen um Hilfe rufen.

Er stak schon halb in der Dornenhecke drin. Man solle ihn nur schnell herausziehen, das Zeug sei ja sehr gefährlich. Gleich kamen zwei hinzugelaufen und versuchten ihn rauszuziehen. Andere, die auch helfen wollten merkten, dass sie selber schon tiefer drinsteckten, als ihnen bewusst war und sie hatten Mühe, sich selber zu befreien. Diese Dornenhecke war hinterlistig, ehe die Ritter es bemerkten, waren sie schon umschlungen und wurden Stück um Stück hineingezogen. Da sie alle nur normale Bekleidung anhatten, konnten die Dornen sich gut darin einhaken und die Männer festhalten.

Nur den Prinzen ließen die Dornen seltsamer Weise in Ruhe. Was er weggehauen hatte, blieb auch weg, während Ranken, welche die anderen weghieben schnell durch neue ersetzt wurden. Ich selber hielt mich wohlweislich zurück. Mich hätte dieses Dornenrankenzeug sicher gleich verschluckt. So kam es, dass der Prinz mit seinem Schwert den Weg frei hieb und wir anderen ihm auf seiner Spur folgten. Wobei wir achtsam aufpassten, dass die Dornen uns nicht ergreifen konnten.

Bald darauf standen wir vor dem schweren Eichentor. Es war verschlossen. Klopfen half nicht, denn die Wächter im Innern schliefen noch. Erst musste die Prinzessin aufgeweckt werden, dann würden wohl auch all die anderen erwachen.

Aber jedes große Tor hat eigentlich auch eine kleine Pforte, groß genug um einen einzelnen Mann einzulassen. Nachdem wir die Verwucherungen entfernt hatten, sahen wir diese Pforte. Auch sie war verschlossen, aber ein kräftiger Druck dagegen und sie sprang auf. Da war wohl nur der Verschluss verdreckt. Doch sie musste weiter aufgedrückt werden, damit man durch kam, denn innen war alles von Büschen verwachsen. Dazu kamen noch diverse kleine Bäume. Zwei Wachen lagen neben dem Tor, als wären sie gerade eben erst eingeschlafen.

Wir kämpften uns zu dem Hauptgebäude durch. Das heißt, eigentlich war es der Prinz, der da kämpfen musste. Wir anderen folgten ihm einfach auf seinem Weg.

Im Gebäude sah es recht schlimm aus. Wo ein Fenster kaputt war und die Dornenranken es erreichten, waren sie eingedrungen und innen weitergewachsen. Außer diesen Pflanzen schien alles zu schlafen. Wo wir Menschen fanden, schliefen sie. Tiere, die wir fanden, schliefen ebenfalls.

Wir begannen das Schloss zu durchsuchen, irgendwo musste die junge Dame ja sein. Wobei ich überlegte, ob man sie überhaupt noch jung nennen konnte, sie musste doch mindestens hundertfünfzehn Jahre alt sein. Wahrscheinlich waren aber noch ein paar weitere Jahre vergangen. Aber dem Zauberspruch entsprechend, sollte sie körperlich noch genau so jung sein, wie damals, als sie in diesen Schlaf fiel.

Ein Stockwerk nach dem anderen durchsuchten wir. Es war hier innen nicht so schlimm, wie außen, aber die Natur nutzte jede Möglichkeit. Je höher wir kamen, desto weniger Einfluss hatte die Natur und um so sauberer waren die Räume. Irgendwann kamen wir zu diesem kleinen Turmstübchen und dann sahen wir sie. Schräg lag sie, schlafend und jungfräulich schön, auf einer weichen Bank neben dem Spinnrad.

Es war als hätte Amor, der Liebesgott, nur auf diesen Moment gewartet um seinen Pfeil abzuschießen. Ich sah, in meiner Fantasie, wie er seinen Pfeil aus dem Köcher zog, ihn am Bogen anlegte, auf den Prinzen zielte, den Bogen spannte und den Pfeil abschoss. Er traf den Prinzen natürlich mitten ins Herz.

Ganz ergriffen stand der Prinz da, mit weichen Knien und wusste nicht recht, was er machen sollte. Die Geschichte stimmte wirklich, und die Prinzessin war real und wunderschön. Amors Liebespfeil hatte ihn exakt getroffen.

Der entscheidende Kuss

„Ihr solltet sie jetzt küssen", erinnerte ich ihn. Aber er traute sich nicht recht.

„Nu küss sie schon!", meinte einer seiner Freunde.

„Wohin soll er sie den küssen, auf den Mund oder nur auf die Stirn?", fragte ein weiterer.

„Ist doch egal", meinte der nächste, „Kuss ist Kuss."

„Du hast vielleicht eine Ahnung", konterte ein vierter vorwurfsvoll, „auf den Mund natürlich, damit sie wach wird. Ein Kuss auf die Stirn ist ein Gutenachtkuss zum Einschlafen, aber geschlafen hat sie genug. Wach muss sie jetzt werden!"

„Nu los, küss sie schon", sagte wieder der erste und schob den Prinzen in die Richtung der Prinzessin.

Der König schlief immer noch neben dem Eingang der Kammer und der Leibwächter, der auf die Prinzessin hätte aufpassen sollen, lag ebenfalls schlafend daneben.

Schüchtern stand der Prinz vor der schlafenden Prinzessin und traute sich nicht recht das entscheidende zu tun. Wäre sie ein fremder Ritter, der sein Schwert gegen ihn zog, dann, ja dann, hätte er sofort gewusst, was zu tun ist, und würde nicht zögern. Doch hier ging es um eine schlafende Prinzessin, eine Schönheit, die ihn in den Bann zog, seine Knie weich machte und seine Arme schwächte. Eine Schönheit, die brav und friedlich dalag, wie der frische Morgentau in den ersten Sonnenstrahlen, und die keiner Fliege etwas zu leide tun würde.

Behutsam neigte er sich über sie und gab ihr, etwas zögernd, einen sanften Kuss auf ihren rosa Mund.

Schlagartig war sie wach. Machte ihre Augen auf, sah ihn und im nächsten Moment machte es laut „Klatsch". Er hatte sich eine gewaltige Ohrfeige eingefangen.

„Wie kommt ihr dazu, mich einfach zu küssen! Wer seid ihr überhaupt und wie kommt ihr hier herein?", fuhr sie ihn laut an, wartete seine Antwort nicht ab, sprang auf und rannte aus der Kammer und die Stiegen hinab. Sprachlos stand der Prinz da, schallendes Gelächter seiner Freunde war die Folge.

Der König, der nun auch wieder wach wurde, war sich nicht bewusst, dass über hundert Jahre vergangen waren. Er war der Meinung, er sei gerade eben in die Kammer gekommen, fasste an sein Herz und prüfte, ob es noch schlug.

„Meine Tochter hat sich in den Finger gestochen, jetzt werden wir hundert Jahre schlafen müssen. Seid so nett ihr Jungs und helft mir dort, auf die Liege und dann schaut schnell, dass ihr selber einen bequemen Platz findet, bevor ihr einschlaft, hundert Jahre sind eine lange Zeit."

„Aber Herr König, die hundert Jahre sind doch schon vorbei", meinte einer der Ritter.

Aber der König hörte nicht. „Schlaft gut!", sagte er nur und schlief schon wieder ein. Der Leibwächter, der inzwischen auch wieder wach war, kümmerte sich um den König. „Herr König, wacht auf, ihr habt schon hundert Jahre geschlafen!"

„Geht weg und lasst mich schlafen", war die Antwort des Königs.

Der Prinz stand immer noch da und rieb sich die Wange. Alle Finger der Prinzessin waren auf ihr zu sehen.

Nach ein paar Minuten kam die Prinzessin wieder zurück und stellte sich vor den Prinzen hin und fuhr ihn an mit der Frage: „Wer seid ihr und was macht ihr hier, und vor allem, was ist hier eben im Schloss passiert? Als ich vorhin in die Kammer kam, war noch alles in Ordnung."

„Ihr habt hundert Jahre geschlafen", sagte der Prinz zu ihr und trat vorsichtshalber einen Schritt weiter zurück, um nicht gleich wieder eine gewischt zu bekommen.

„Quatsch, ich bin putzmunter!", pfiff sie ihn an.

„Schaut euren Finger an, ihr hattet euch am Spinnrad gestochen und habt damit den Zauber der Magierin ausgelöst."

„Das war gerade eben erst passiert. Da, mein Vater schläft schon", sie zeigte auf den schlafenden König, „gleich werden wir alle einschlafen", antwortete sie.
Sie wusste also von dem Zauber.

„Das ist alles schon geschehen. Eine gewaltige Dornenhecke hat euch in den letzten hundert Jahren beschützt. Ihr habt geschlafen, bis euch der Prinz hier, mit seinem Kuss erweckt hat", sagte einer der Freunde des Prinzen.

Sie schaute den Prinzen an. Dieser rieb sich immer noch etwas beschämt seine Wange.

„Dieser freche Kerl hier?"

„Ja, er war der einzige, der dies vollbringen konnte. Viele hatten versucht, zu euch zu gelangen, um euch aufzuwecken, aber nur er konnte es.

Die Dornenhecke hatte euch vor den anderen beschützt. Das Schicksal hat es wohl so vorgesehen."

Amor, der Liebesgott, hatte inzwischen wieder einen Pfeil auf seinen Bogen gespannt, dann gezielt und auch getroffen - diesmal die Prinzessin. Sie schaute erneut den Prinzen an und schmolz förmlich dahin.

„Ihr - habt mich aus dem langen Schlaf erweckt?", hauchte sie ihn, schon etwas verliebt an. Amors Pfeil steckte tief in ihrem Herzen und die Kraft des Pfeils wirkte.

Neubeginn
Im Schloss begann es zu rumoren. Die Leute erwachten alle wieder, einer nach dem anderen.

Die Königin, die sich nur daran erinnerte, dass sie sich zu einem kleinen Schläfchen hingelegt hatte, erwachte ausgeruht, räkelte sich und meinte, dass sie noch nie so gut geschlafen hätte. Das müsse sie öfter wiederholen, dachte sie.

Koch und Küchenjunge erhoben sich und staunten darüber, dass sie am Boden lagen. Die Magd, die das Huhn zum Essen bereiten wollte, wunderte sich darüber, dass dieses Federvieh plötzlich weg war. Eben noch hatte sie es doch in der Hand.

Königin Mutter, staunte darüber, dass der große Wollknäuel seltsamer Weise schon aufgebraucht war. Gerade eben hatte sie doch erst angefangen zu stricken. Sie würde halt langsam alt und vergesslich werden, dachte sie sich. Sie war ja wie die anderen auch eingeschlafen und hatte nicht gemerkt, wie ihre Hände automatisch und gewohnheitsmäßig weiterstrickten. Jahrlang hatten diese Hände nichts anderes gemacht.

Der Küfer im Weinkeller, erwachte auch wieder zwischen seinen Weinfässern. Er wunderte sich über nichts, denn dies war ja nicht das erste Mal. Er nahm sich erneut vor, nicht mehr so viel zu trinken, zumindest bis zur nächsten Gelegenheit.

Trotz der vielen Jahre, war keiner von all den Leuten im Schloss gealtert. Die meisten glaubten, sie seien eben mal kurz eingeschlafen. Keinem war bewusst, dass sie inzwischen alle über hundert Jahre alt waren.

Der König, der sich soeben neu hingelegt hatte, weil er glaubte, dass dieser lange Schlaf erst beginne, wachte wieder auf. Erstaunt schaute er umher und fragte, warum die anderen sich nicht irgendwo bequem hingelegt hätten. Dann erfuhr er, dass dieser hundertjährige Schlaf schon vorbei war, was er allerdings kaum glauben konnte.

Dann wollte er wissen, wer diese fremden Männer, die er bisher noch nicht gesehen hatte, seien. Man erklärte ihm, dass sie und der fremde Prinz, die Prinzessin aus ihrem langen Schlaf erweckt hatten und damit auch das ganze Schloss und alle Angestellten. Alle seien gesund und munter und niemand sei zu Schaden gekommen, und das schöne, alle seien noch genau so jung, wie damals. Der König war überglücklich, hatte er doch das Schlimmste befürchtet.

„Seid willkommen, meine Herren. Wir danken euch vielmals. Welche Gegenleistung kann ich euch als Dank dafür geben?"

„Ich glaube, der Prinz hat sich schon etwas ausgesucht", ließ sich einer der Freunde des Prinzen vorlaut vernehmen.

„Es ist nicht allzu groß und hat rotblondes Haar", vermerkte der nächste.

„Dann soll er sie auch haben, sofern sie einverstanden ist", meinte der König, „mein Töchterchen tanzt mir doch sowieso nur auf der Nase herum."

Das Leben durchflutete wieder Schloss und Hof. Überall wurde geputzt, gereinigt und saubergemacht. Die vielen Dornenranken waren keine Gefahr mehr, daher konnten sie problemlos entfernt werden. Auch die wilden Büsche und Bäume wurden beseitigt.

Es dauerte mehr als eine Woche, bis all die Spuren des Wildwuchses der Pflanzen entfernt waren. Danach kamen die Reparaturen am Schloss dran. Bald sah das Schloss mit all seinen Räumen und dem großen Schlossgarten wieder ganz gesittet aus.

Letzte Attacke der dreizehnten Magierin

Die Magierin, hatte sich bis jetzt noch nicht gemeldet, merkte aber anscheinend, dass sie die Macht über das Geschehen verlor. Anscheinend wollte sie diese Situation ändern und hat daher einem Herrscher in einem nahegelegenen Königreich eingeredet, dass er mit Leichtigkeit und wenig Soldaten, hier ein Reich übernehmen könne. Die Selbstgerechtigkeit der Magierin war etwas größer als ihre Fähigkeit die Dinge zu kontrollieren.

Der fremde König sandte seinen General mit einigen Soldaten zu dem Schloss und forderte die Übergabe. Er war überzeugt ein leichtes Spiel zu haben.

Auf der Burgmauer stand der herrschende König, und hörte sich die Forderungen an.

„Lasst uns doch erst einmal miteinander reden, bevor wir uns in einen Kampf stürzen, der viele Leben kosten wird", rief er den Belagerern zu.

„Morgen wollen wir eure Entscheidung! Übergabe oder Kampf", bekam er als Antwort von dem fremden General.

Was können wir tun, fragte der König. Wie viele Soldaten hatte der Fremde, und wie viele wir? Die Zeit war zu kurz um Hilfe zu holen. Der König ließ seine Mannen durchzählen. Er hatte zu wenig.

„Und was ist mit den Frauen?", fragte ich.

„Die können doch nicht kämpfen!", war die ablehnen Antwort.

„Wenn wir genug Leute haben die wie Soldaten ausschauen, brauchen wir vielleicht nicht kämpfen", meinte irgendeiner.

„Aber man erkennt doch die Frauen schon von weiten."

„Dann sollen sie sich ihre langen Haare abschneiden und diese sich als Bärte umbinden! Dann sehen sie aus wie Männer", meldete ein anderer.

„Wenn das richtig gemacht wird, kann das auch funktionieren", äußerte jemand.

So wird es gemacht! Sie sollen sich alle mit Waffen neben den Soldaten auf der Mauer aufstellen", entschied der König. „Den Frauen wird es sowieso schlecht gehen, wenn die Fremden hier hereinkommen. Daher können sie sich auch auf der Mauer aufstellen und drohen", fügte er hinzu.

In der folgenden Nacht arbeiteten alle hart und am anderen Morgen sahen alle Frauen wie kampfbereite Männer aus. Ihre langen Haare wurden zu wilden Bärten. Mit ihrem schlecht geschnittenen, strubbeligem Haar, dazu noch Schwert und Schild, wirkten sie so richtig furchterregend.

Am folgenden Tag platzierten sich alle auf der großen Schlossmauer. Der Platz reichte kaum aus. Auf dem Hof, hinter dem Tor wurden ein paar Pferde mit Karren hin und her gejagt und dazu noch wüste Befehle gerufen. Das ganze wirkte, als ob eine gewaltige Armee nur auf ihrem Einsatz wartete.

Die fremden Herausforderer, die sich vor dem Tor aufgestellt hatten, hörten dies alles deutlich und sahen die vielen Krieger auf der Mauer. Sie konnten nur darüber staunen, wo die vielen Krieger herkamen. Wer von den Belagerern sehen, hören und nachdenken konnte merkte, dass die Krieger des Schlosses in der Überzahl waren.

Der König selbst, kam auf die Mauer. Über dem großen Tor, wendete sich dem fremden General zu und rief: „Lasst uns Kampf und Krieg vermeiden! Was nützt es euch, wenn ihr hier euer Leben verliert, und dann euer eigenes Reich zur leichten Beute für eure Feinde wird, denkt an eure Familien. Lasst uns lieber gute Nachbarn werden und Handel treiben.

Ihr wusstet sicher nicht, dass dieses Schloss nach langem Schlaf, wieder wacht ist. Ich war und bin der rechtmäßige König dieses Landes. Es wurde nicht von fremden Mächten erobert, aber viele Gäste sind gekommen, wie ihr hier sehen könnt. Lasst uns dieses Treffen hier als ein Freundschaftstreffen ansehen.

Ich biete euch ein paar Fässer hervorragenden Wein und dazu reichlich Verpflegung. Bringt eurem König meine besten Grüße und meinem Wunsch um gute künftige Nachbarschaft."

Derweilen ließ der Küfer einige große Fässer des besten Weines heranrollen, während der Koch und ein paar Mägde Körbe mit frischen Backwaren anschleppten. Alles wurde auf einen Karren gepackt und zu den Fremden hinausgebracht.

„Irgendetwas müssen sie kriegen, damit sie etwas im Magen haben und nicht doch noch auf dumme Gedanken kommen", meinte der König leise zu uns, „mit vollem Magen kämpft es sich nicht gut und der Wein macht die Glieder lahm.

Und in der Tat, nachdem sich die fremden Krieger satt gegessen hatten, zogen sie ab. Sie hatten zwar nicht das, weswegen sie herkamen, aber dafür einen kleinen Ersatz und zudem viele ihrer Leben gerettet.

Die dreizehnte Magierin, die diesem Angriff angezettelt hatte, musste erkennen, dass Schlauheit und Vernunft der Menschen manchmal doch erfolgreicher sein können, als ihre hinterlistigen Machtspiele.

Sie wusste natürlich auch, wenn sie nur suchte, würde sie genug Leute, gegen dieses kleine Königreich finden. Aber würde sich das lohnen?

Sie wusste auch, dass die anderen Magierinnen dann mit großer Wahrscheinlichkeit zu einer Gegnerschaft heranwachsen würden, gegen die sie keine Chance hätte. Das wollte sie doch lieber vermeiden.

Die große Hochzeitsfeier
Das Leben im Schloss begann sich wieder zu normalisieren. Die Spuren des wilden Pflanzenwuchses, während des hundertjährigen Schlafes, waren entfernt.

Inzwischen sah man auch, dass der Prinz und die Prinzessin scheinbar für einander geschaffen waren. Sie hingen ständig zusammen. Die Welt um sie herum, gab es für beide anscheinend nicht mehr, denn diese war nur noch eine rosarote Wolke.

König und Königin freuten sich, hatte doch das Schicksal für ihre Tochter einen guten Mann gefunden Mutig und tapfer würde er handeln und irgendwann sicher ein guter König werden. Also wurde ein großes Hochzeitsfest in Planung gegeben.

Diesmal, so bestimmte es der König, werden alle eingeladen, auch die dreizehnte Magierin. Damit es aber nicht dreizehn Personen sind, wird noch jemand gleichwertiges dazu eingeladen. Der König dachte an den alten Eremiten in den Bergen, der auch noch lebte. Ihm sah man die hundert Jahre nicht an, denn er war ja schon damals, als der König noch Kind war, alt. Daher war er sicher auch ein Magier, denn ein normaler Mensch lebt nicht so lange.

So wird es gemacht, entschied der König und ließ genug goldverzierte Teller und Bestecke für seine Gäste anfertigen, damit ihm eine solche Peinlichkeit wie damals, nicht wieder passiert. Alle sollten eingeladen und keiner darf ausgeschlossen werden.

Der Tag der Hochzeit kam und das Fest wurde großartig. Alle eingeladenen Gäste erschienen, die weisen Frauen, die eigentlich Magierinnen waren, darunter auch die dreizehnte, die sich diesmal friedfertig gab.

Auch der uralte Eremit kam, und natürlich die Könige und Königinnen aus den umgebenden Königreichen sowie andere honorige Persönlichkeiten. Viele herzliche Glückwünsche wurden an diesem Tage verteilt.

Der Prinz dagegen bedankte sich ausdrücklich bei den Magierinnen, dass sie ihm das liebste Geschöpf, über die Zeiten hinweg aufbewahrt hatten. Ohne diese Zauberwünsche hätte er seine Prinzessin nie kennengelernt.

Ende und Neuanfang
So fand alles ein glückliches Ende, und alte Zwistigkeiten lösten sich in Einklang auf.

Das kleine Königreich begann erneut aufzublühen und das Schloss, hoch oben auf dem Berg, erstrahlte wieder im alten Glanz. Die saubergeputzten Fensterscheiben spiegelten die Sonnenstrahlen weit über das ganze Land und zeugten von neuem Leben.

Der Dornenbusch mit seinen schönen roten Rosen, wurde zurückgeschnitten, liebevoll gepflegt und geachtet, denn schließlich hatte er über all die Jahre hinweg das Schloss und seine Bewohner wirksam beschützt.

So zeigte sich, dass sogar schlechtes, wenn man nur schlau damit umgeht, auch gutes bewirken kann.

Ich dagegen war glücklich, zog wieder meiner Wege, denn die Welt war groß und es gab ja noch so viel zu entdecken.

Wir sollten lernen, unseren Geist frei zu machen, damit das viele Gute um uns herum darin Platz finden kann, sagte ich mir.

fin

Viele Leute kennen diese Geschichte als das Märchen Dornröschen. Aber die Geschichte ist größer und reicht weiter, als wir sie kennen.
Im Grunde genommen ist es eine Auseinandersetzung zweier Magierinnen, die herrschen wollen. Doch noch andere Mächte und auch einfache Menschen sind beteiligt.
Aber gewisse Schicksalsmächte, die erst gesucht werden mussten, führen letztlich alles zu einem guten Ende.

Weitere Titel

Willy - der Stein Untertitel: Der ewige Kreislauf der Dinge

Diese Geschichte ist eine Art Parabel, die Hoffnung vermitteln soll. Niemand geht verloren. Alle Dinge des Seins unterliegen den gleichen, wiederkehrenden Gesetzmäßigkeiten.

Alles lebt in seiner eigenen Weise. Alles formt und bewegt sich, von einem Daseinszustand zum nächsten, in einem ewigen Kreislauf des Seins. Diese Geschichte soll zeigen, dass das Leben hinter der Grenze, die allen gesetzt zu sein scheint, weitergeht.

Werden und Vergehen sind nicht der Maßstab des Lebens, sondern Werden, Leben und Neuwerden. Und sogar Verlorenes kann sich wieder neu finden.

Paperback 68 Seiten ISBN: 9-783740-748654

Der kleine Scout
Untertitel: **Den eigenen Leitstern finden**
Es ist die Geschichte eines kleinen Jungen in einer schwierigen Situation. Von Zuhause wegzulaufen, erscheint ihm als einzige Lösung. Ein alter Landstreicher, den er am Abend zufällig trifft, erzählt ihm, wie er seine Situation erfolgreich handhaben und neuen Mut finden kann.
Es entsteht interessantes ein Gespräch, in dem der Junge lernt, seine Situation neu zu betrachten. Er lernt die Chancen zwischen seinen Interessen und den Herausforderungen seines Lebens zu erkennen. Im Grunde genommen ist jeder ein Pfadfinder und muss immer die nächste Etappe auf seinem eigenen Lebensweg suchen und finden.
Paperback, ca.96 Seiten

ISBN: 9 783740 751890

Ein Reporter hatte Ärger mit der Mafia und musste fliehen. Ein Zeitungsverleger half ihm zur Flucht. Er sollte eine Berichtreihe über das Leben auf der Venus schreiben.

Neue Materialien ermöglichten es, dass Menschen dort, hoch oben, über den Wolken der Venus, in angenehmen Schichten der Luft, Siedlungen gründen konnten.

Obwohl er nicht so recht wollte, flog er doch hin. Auf seiner Reise lernte er den Fahrstuhl in den Orbit der Erde, das Raumschiff zur Venus und eine interessante Mitreisende kennen.

Auf der Venus erforschte er Leben und Arbeiten der Leute, wurde unerwartet von der Mafia aufgespürt und bedroht. Er entdeckte eine geheimnisvolle Sache, machte Fehler, wurde verhaftet, befreit und wieder verhaftet.

Ein Geschäftsmann holte ihn heraus und eröffnete ihm das Geheimnis der Venus. Die Erkenntnis, die sich dadurch für ihn ergab, führte ihn zu einer Entscheidung, die er nie für möglich gehalten hätte.

Paperback, ca. 300 Seiten, ISBN: 9 783 740 752 019

Auf der Erde herrschte Krieg. Auf einem fernen Planeten merkte man dies und schickte einen Beobachter. Dieser, brachte sein kleines Raumschiff in einen Orbit um die Erde. Dort wurde er leider abgeschossen und verlor sein Leben. Körperlos musste er nun seinen Weg zurück nach Hause finden.
Jemand aus der Gilde der Sucher fand und half ihm. Irgendwann konnte er im Raumschiff einer Handelsrasse, in Richtung seiner Heimat fliegen. Eine explodierende Sonne schleuderte das Raumschiff aus der Galaxis hinaus. Auf ihren Weg zurück, mussten sie einem Schwarm Energiesauger widerstehen, lernten eine fremde Rasse kennen, wurden von Piraten überfallen und strandeten letztlich auf einem einsamen Planeten. Reste einer alten Zivilisation halfen ihnen, ihre Heimreise fortzusetzen. Ein Meister lehrte ihn später, sich einen neuen materiellen Körper zu schaffen und damit zu teleportieren. Nach langer Zeit kam er wieder nach Hause. Man hielt ihn für einen Feind und jagte ihn. Er floh zur Erde zurück, suchte Kontakt zu den Gilden und dort eine Aufgabe. Letztlich begriff er, dass er ein Bürger des Universums war und daher nicht mehr in sein altes Leben zurück konnte.
Paperback, ca. 460 Seiten, ISBN: 9 783 740 752 446